Pater Noster

ENID KILBAR

Pater Noster

Inspector MacGregor ermittelt

- 4 -

PAHLBERG

Copyright © 2024 Pahlberg Verlag, ein Imprint des Belle
Époque Verlags, Inh. G. Pahlberg,
Wiesenstr. 7, 72135 Dettenhausen

Lektorat: **Monika Hofko / Scripta**
Korrektorat: Christian Reichenbach
Seitenlayout und Schriftsatz: Hans-Jürgen Maurer
Cover: Belle Époque Verlag
Bildnachweis: Alamy 2CGR5WR

Herstellung: Custom Printing, Wał Miedzeszyński 217/1,
04-987 Warszawa, Polen

ISBN: 978-3-98845-089-0

für Lugg

Das Lehrerkollegium des *Hillside College*

Eileen Curtis	Internatsleitung
Harmon Jones	Schulleitung, stellv. Internatsleitung Latein, Altgriechisch, Italienisch
Walter Bertram	Mathematik, Naturwissenschaften, IT
Ernest Gibbs	Mathematik, Ökonomie, Schulpsychologie
Jane Roberts	Englisch, Geschichte
Rosemary Heart	Englisch, Geographie, IT
Mirelle Dubois	Französisch, Spanisch
Penelope Booth	Sport weibl.
Lawrence Gilbert	Sport männl.
Sandra Whitehead	Musik
Enrico Russo	Französisch, Spanisch, Italienisch
Daniel Fury	Englisch, Gemeinschaftskunde, Recht
Angela Forbes	Englisch, Politik, Ökonomie
Adam Singh	Mathematik, Naturwissenschaften
Peter Dixon	Religion, A.K., Musik
Jonas Quinn	Religion, r.k., Musik

I

Wo drückt der Schuh?, war mit Abstand die dümmste Frage, die man einem Menschen stellen konnte. Zu dieser Erkenntnis war Inspector Samuel MacGregor an diesem Morgen gekommen. Er beschloss, die Frage für immer aus seinem sprachlichen Repertoire zu tilgen. Der Polizist hatte sich das Paar edler lederner Halbschuhe von den Füßen gestreift. Nun saß er in Strümpfen an seinem Schreibtisch auf der Wache und rieb sich die wunden Stellen an Zehen und Knöcheln. Er zog dabei eine wehleidige Miene, die jene noch übertraf, die er bei einem Männerschnupfen zur Schau stellte. Von den mitleiderregenden Seufzern und dem ächzenden Gestöhne, die das Szenario lautstark begleiteten, ganz zu schweigen.

Ein zu enger Schuh drückte eben nicht nur an einer Stelle. Er drückte überall, zum Teufel! Und auch nicht bloß der eine verdammte Schuh, sondern alle beide! Diesen Schuhverkäufer sollte man einsperren! Von wegen, man müsse die verflixten Dinger erst einlaufen. Nach kürzester Zeit würden sie sich schon weiten! *Ganz bestimmt sogar, Sir!* Hatte der Halunke ihm scheinheilig versichert. Einlaufen! Einen Einlauf brauchte wenn dann dieser Mistkerl.

Der Typ hatte schon parat gestanden, als er und

seine Frau Erin ins Geschäft getreten waren. Wahrscheinlich bekam er für jedes verkaufte Paar eine Provision. Was hatte er sich nur dabei gedacht, sich diese sündteuren Treter aufschwatzen zu lassen? Der Mann hatte ihn sofort an diesen vertrottelten Schuhverkäufer aus der amerikanischen Fernsehserie erinnert. Der mit der aufgedonnerten Frau und den beiden Kindern, die sich dauernd kabbelten. Wie hieß der Fatzke noch gleich? Hatte den gleichen Nachnamen wie der berühmte Serienkiller. Ach ja, Bundy. Der Mann im Film hieß mit Vornamen Al, den Killer nannte man Ted. MacGregor musste jetzt gut aufpassen, dass er als Polizist nicht selbst zum Mörder wurde, wenn er wieder in diese verdammten Schuhe hineinmusste.

Aber eigentlich war das ja nicht einmal das Schlimmste! Erin hatte sich eingebildet, dass sie einen Tanzkurs machen sollten. Einen Tanzkurs, in ihrem Alter! Einfach lächerlich! Dafür hatte er diese überteuerten Dinger erst kaufen müssen. Einen Foxtrott und einen Disco Fox bekam er leidlich hin und rechts-links-rechts passte auf alles andere, wenn man im Takt blieb. Aber nun bestand seine Frau darauf, dass sie ihren *Horizont erweiterten*, indem sie Salsa und dieses ganze andere lateinamerikanische Gehopse lernen sollten. Er hatte nichts dagegen, wenn Erin beim Tanzen mit dem Hintern wackelte, er fand das sogar ziemlich sexy. Aber er würde das bestimmt nicht tun! Er genoss es, nach Feierabend gemütlich in einem guten Buch in seinem Lesesessel zu schmökern oder einfach nur mit einer Flasche Stout in der Hand auf die Mattscheibe zu glotzen.

Und nun sollte er drei Mal in der Woche in eine ausgediente Turnhalle, ein sogenanntes Tanzstudio, fahren, um übers Parkett zu tänzeln. Er überlegte fieberhaft, wie er aus dieser Nummer herauskam, ohne dass seine werte Gattin sauer auf ihn wurde. Es war ja nicht das erste Mal, dass er in seiner Ehe kreativ werden musste. Schließlich konnte man ja als Mann nicht einfach zu allem Ja und Amen sagen. Aber eine offene Auseinandersetzung galt es natürlich zu vermeiden. Und eine Verweigerung des Tanzkurses seinerseits war undenkbar. Sonst hätte er Hundstage.

„Wir müssen mal wieder gemeinsam als Paar etwas unternehmen, Sam. So wie früher eben!", klangen Erins auffordernde Worte noch in seinen Ohren nach. Sich wie ein kriegsmüder Soldat ins Bein zu schießen, war die Sache definitiv nicht wert. Vielleicht konnte er vorgeben, bei einem Einsatz mit dem Knöchel umgeknickt zu sein? Allerdings würde er in diesem Fall keine Schwellung haben und seine treusorgende Frau würde ihn bestimmt verarzten wollen. Nein, das war zu plump. Er musste sich etwas anderes einfallen lassen. Nur was?

Nun, wenn er die verflixten Schuhe wieder anzog, würde er bestimmt über kurz oder lang Blasen bekommen, und diese taten ja tatsächlich weh. Auf echte Schmerzen wollte er eigentlich verzichten …

Gott, was war nur in seine Frau gefahren? Sie führten seiner bescheidenen Meinung nach eine wunderbare Ehe. Sie brauchten keinen Tanzkurs! Ob Erin wohl eine Midlife-Crisis hatte? War sie dafür nicht noch ein wenig zu jung? Sie beide waren im gleichen Alter, Anfang vierzig.

Er erhob sich und humpelte in Strümpfen zum Fenster. Der Ausblick auf den Loch am Rande der Kleinstadt in den schottischen Highlands, in der er lebte und arbeitete, war Anfang März nicht unbedingt überwältigend. Es war diesig, es regnete beinahe permanent, und die Temperaturen waren nicht Fisch und nicht Fleisch.

Es klopfte an der Tür, und auf sein gebelltes „Herein!" hin trat sein Sergeant Pat Taylor ins Zimmer. Die junge, schlanke Frau, die kurzgeschnittenes, braunes Haar hatte, blickte ihrem Chef amüsiert auf die Füße.

„Sagen Sie nichts! Tun Sie sich selbst den Gefallen, Taylor!", ermahnte er sie scharf.

Sergeant Pat Taylor war eine engagierte, junge Polizistin. Allerdings hatte sie den Fehler, häufig zu sprechen, bevor sie nachdachte. Sie hatte ihren Abschluss als Beste ihres Jahrgangs absolviert und nahm nun an einem Trainee-Programm für künftige Führungskräfte teil. Bei dem wurde sie alle neun Monate zu einer anderen Wache im Vereinigten Königreich versetzt, um Berufserfahrung zu sammeln. MacGregor und sein Team würde sie in drei Wochen verlassen müssen. Sie bedauerte das sehr. Der Inspector war ein fähiger Mann, wenngleich er morgens meist ungenießbar war. Aber sie lernte viel von ihm und er wusste ihre Hilfe zu schätzen. Sie war mit Leib und Seele Polizistin. Das lag sozusagen in der Familie, auch wenn es eine Generation übersprungen hatte. Ihr Großvater Ian Taylor hatte es zum Superintendenten gebracht. Mittlerweile genoss er aber seinen wohlverdienten Ruhestand gemeinsam mit Großmutter Joyce unten in Devonshire.

„Wir haben die Diebstähle aufgeklärt, Chef! Es war eine ältere Dame, die anscheinend unter einer krankhaften Kleptomanie leidet. Ihr Mann hat das zumindest so zu Protokoll gegeben. Sie sind erst vor ein paar Wochen hergezogen, weil seine Schwester hier wohnt und krank wurde. Er wollte in ihrer Nähe sein. Anscheinend hat sie nicht mehr lange zu leben, ist verwitwet und kinderlos. Unsere Diebin hat schon öfter gestohlen. Es wurde jedoch nie zur Anzeige gebracht, weil der Gatte die geklauten Sachen immer gleich bezahlte. Im letzten Ort, in dem sie gewohnt haben, es war nur ein Marktflecken, muss die Frau bekannt gewesen sein wie ein bunter Hund. Die Ladenbesitzer sind nach ihren Einkäufen immer gleich durch die Gänge gegangen und haben alles zusammengeschrieben, was sie nicht bezahlte, also aus den Regalen so hat mitgehen lassen. Danach haben sie dem Ehemann kurzerhand die Rechnung geschickt. Bei uns hier hat sie ganz seltsames Zeugs gestohlen. Tampons, Kinderspielzeug, Schmierfett und so weiter. Also alles Sachen, für die sie eigentlich keine Verwendung hatte. Ich gehe davon aus, dass sie wirklich eine Kleptomanin ist und wir ihrem Mann Glauben schenken können. Der Arme tut mir sogar aufrichtig leid! Muss bestimmt furchtbar peinlich für ihn sein, und sie kann ja eigentlich nichts dafür. Wie sollen wir in dieser Sache weiter verfah …"

Doch sie konnte ihre Frage nicht zu Ende formulieren. Der junge Constable Currington kam ins Büro MacGregors geplatzt und hatte vor Aufregung rote Flecken im Gesicht.

„Ein toter Lehrer! In einem Internat. Oben am Moray Firth!", stieß er hervor.

„Mathe oder Latein?", kam es Sergeant Taylor spontan über die Lippen, ehe sie nachgedacht hatte, was ihr einen tadelnden Blick ihres Vorgesetzten einbrachte.

„Was haben Sie für eine Schuhgröße, Constable?", fragte der Inspector unvermittelt. Doch er ahnte bereits, dass ihm, der relativ klein und etwas untersetzt war, die Schuhe des großen, breitschultrigen Mannes nicht passen würden.

„Elfeinhalb. Warum, Sir?", fragte Currington verdutzt und blickte den Inspector belämmert an. Man hatte ihm gleich zwei seltsame Fragen hintereinander gestellt. Das waren definitiv eine, wenn nicht zwei, zu viel.

„Ist schon gut, Mann! Sergeant, lassen Sie sich von Fox die genaue Adresse geben und holen Sie mit Currington gemeinsam den Dienstwagen. Fox soll hier die Stellung halten. Ich muss zusehen, dass ich mich wieder in diese vermaledeiten Schuhe hineinquäle – und komme nach", stöhnte er verbittert, während er sich unter seinen Schreibtisch bückte. Hoffentlich hatte die alte Dame auch den Schuhladen bestohlen! Irgendwelche sagenhaft teuren Pumps vielleicht? Er wünschte es Al Bundy und zwar von Herzen. MacGregor stieß einen schmerzerfüllten Laut aus, als das starre Leder über seine Ferse wetzte. Dem Gauner sollte man das Fell gerben!

Constable Fox war erfahren und zuverlässig, deswegen hatte der Inspector entschieden, dass er hierblieb. Currington hatte gute und schlechte Phasen, was den Durchblick anbelangte. Die Wache war beim älteren Fox sicherlich in besseren Händen.

Ächzend ließ sich MacGregor auf den Beifahrersitz plumpsen, nachdem er die kurze Strecke zum Auto gehumpelt war. Constable Fox hatte den Wagen direkt vor dem Eingang zur Wache geparkt. Sergeant Taylor saß bereits auf der Rückbank. Sie fuhren los.

„Nun, Currington, lassen Sie uns mal hören", forderte der Inspector den jungen Mann auf, der den Fall aufgenommen hatte.

„Jawohl, Sir. Ein 52 Jahre alter Lehrer, der im Internat wohnt, ist nicht zum Frühstück und danach auch nicht zum Unterricht erschienen. Ein Kollege hat daraufhin nach ihm gesehen und ihn tot im Bett liegend gefunden. Er hatte erbrochen und war über und über mit seiner eigenen Kotze besudelt. Und in die Hosen geschissen hat er sich auch noch …"

„Danke, Currington. Das reicht uns schon", unterbrach ihn sein Vorgesetzter, der einen einigermaßen empfindlichen Magen hatte. Auf detailreiche Schilderungen von Erbrochenem und Exkrementen konnte er gut verzichten. Es würde schon schlimm genug werden, die Leiche selbst vor Ort in Augenschein zu nehmen. Aber wenigstens war es keine Wasserleiche.

„Könnte auch nur eine simple Lebensmittelvergiftung sein", merkte Pat von hinten an.

„Aber vor dem Bericht des Pathologen können wir ein Fremdverschulden nicht ausschließen und müssen etwaigen Spuren nachgehen, solange sie noch frisch sind. Das sollten Sie eigentlich wissen, Sergeant", brummte MacGregor, wenngleich er hoffte, dass Taylor recht hatte und sich die ganze Geschichte beispielsweise als einfache Fischvergiftung entpuppte.

* * *

Der Moray Firth war die größte Bucht Großbritanniens und lag an der schottischen Nordsee. In den trichterförmigen Firth, oder auch Fjord, mündete bei Inverness der River Ness, der aus dem berühmten Loch Ness gespeist wurde. Das Internat, zu dem die Polizisten jetzt fuhren, lag allerdings weit östlich von Inverness in einer menschenverlassenen Gegend.

Die kalte, salzige Seeluft pfiff den drei Beamten um die Ohren, als sie aus dem Auto stiegen, das sie am Parkplatz vor dem Internat abgestellt hatten. Die Einrichtung namens Hillside College, die in einem großen, parkähnlichen Areal erbaut war, war nur wenige Gehminuten von der Küste entfernt. Ein Krankenwagen war bereits vor Ort. Das Dienstfahrzeug der Spurensicherung konnten sie aber noch nicht entdecken. Sie schritten die Stufen zum Hauptportal des imposanten U-förmigen grauen Steinbaus hinauf – oder vielmehr schritten Taylor und Currington, während sich

MacGregor innerlich fluchend die Treppe emporquälte.

Das mächtige Haus hatte drei Stockwerke, viele große Sprossenfenster und war gelungen in die Umgebung eingebettet. Hinter dem Herrenhaus erhob sich ein bewaldeter Hügel, dem das 150 Hektar große Anwesen seinen Namen verdankte. Bei gutem Wetter wirkte der Bau sicher imposant. Heute allerdings boten das graue Mauerwerk und die Nebelschwaden, die in der Senke hingen, dem Betrachter einen ziemlich unbehaglichen, wenn nicht gar unheimlichen Anblick. MacGregor fühlte sich unwillkürlich an die Gruselgeschichte von Edgar Ellen Poe *Der Untergang des Hauses Usher* erinnert. Trist und traurig waren die beiden Attribute, die ihm als Erstes beim Anblick des alten Gemäuers in den Sinn gekommen waren. Und das war bestimmt nicht seiner miesen Grundstimmung geschuldet. Es fröstelte ihn unwillkürlich und für kurze Zeit vergaß er sogar seine drückenden Schuhe. Er versuchte, die ihn ihm aufsteigende Kälte abzuschütteln, doch vergeblich.

Sie betraten die große Halle, die mit dunklem Holz getäfelt war und dadurch ebenfalls einen ziemlich düsteren Eindruck machte. In der Luft lag ein seltsamer Geruch, der an alte Mottenkugeln und auch ein wenig an Patschuli erinnerte. Etwas war seltsam in diesem Haus. Die Atmosphäre, die im Inneren der Mauern herrschte, erstaunte Pat Taylor ebenso, wie MacGregor das Äußere bedrückte. Die junge Frau sah sich um. Irgendetwas wollte hier so gar nicht stimmen. Sie überlegte, was sie störte. Natürlich! Es war die seltsame Innenreinrichtung. Sie schaute nach oben. Hier hingen zwischen den obligatorischen Ölgemälden der Vorfahren, die man auf jedem alten englischen Landsitz erwartete, Trophäen der Großwildjagd. Es gab einen ausgestopften Tigerkopf über dem rußgeschwärzten offenen Kamin. Das Raubtier hatte sein Maul furchterregend weit aufgerissen und die Glasaugen, die ihm der Präparator eingesetzt hatte, schienen einen zu fixieren. Beinahe genauso abstoßend und skurril wirkte auf sie der Leopardenschädel, der sie von der anderen Seite her anzustarren schien. Außerdem zierten die Wände der Halle etliche Krummsäbel, Dolche und andere exotische Waffen, die zweifellos aus der Kolonialzeit des Empires stammten. Wie seltsam! Das war das letzte Interieur, das Pat in einer Schule erwartet hätte. Bei genauerer Betrachtung fielen ihr auch noch andere Einrichtungsgegenstände beziehungsweise Möbelstücke auf, die ihren Ursprung im Orient haben mussten. Es gab eine indische Swing Bank, einen hochwertig aussehenden geschnitzten Paravent, ein paar verschnörkelte Truhen und wuchtige Sideboards. Allerdings war alles aus dunklem Holz gefertigt und man hatte Mühe, die an sich schöne Handwerkskunst und die Intarsien in der dunklen Halle zu erkennen.

Constable Currington hingegen schien keinerlei negative Stimmung im und ums Herrenhaus wahrzunehmen. Er tappte vollkommen unbeeindruckt hinter seinen beiden Vorgesetzten drein, die sich auf eine Gruppe von drei Personen zubewegten, die im hinteren Teil der dunklen Halle auf sie zu warten schienen. Als sich die Beamten näherten, beendeten diese ihre geflüsterte Unterhaltung und wandten sich den Besuchern zu.

II

Auszug aus einem Ratgeber für Zimmer- und Wintergartenpflanzen:

… Man kann den schönen, relativ pflegeleichten Zierstrauch aus Ostindien auch zur Wettervorhersage nutzen. Lässt die Pflanze ihre Blätter hängen, naht Regen. Bei schönem Wetter stellt sie ihre Blätter senkrecht in die Höhe. Ihren Namen hat sie davon, dass die leuchtend roten Früchte früher als Gebetsperlen für Rosenkränze dienten …

„Guten Tag. Sie müssen von der Polizei sein. Mein Name ist Eileen Curtis. Ich bin die Internatsleiterin. Das hier ist der Schulleiter und mein ständiger Stellvertreter, Mr Harmon Jones". Die stattliche Frau, Mitte fünfzig, die ihr ergrautes Haar hochgesteckt trug und ein kariertes Tweedkostüm anhatte, machte einen ziemlichen strengen Eindruck. Sie deutete auf einen unwesentlich größeren Mann, der einen leichten Buckel und eine Halbglatze hatte. Er hatte ein von tiefen Furchen durchzogenes Gesicht und sah die Ermittler durch seine Brillengläser hindurch freundlich an.

„Und das ist Mr Daniel Fury. Er ist der Kollege, der den bedauernswerten Ernest gefunden hat." Der Mann, den MacGregor auf Anfang dreißig schätzte,

schaute einigermaßen trübselig, beinahe schon übertrieben verdrießlich, drein. Er hatte wohl den Eindruck, dass dies von ihm erwartet wurde.

Schade!, dachte Pat Taylor genau in dem Moment,
als ihr Chef nun seinerseits begann, sich selbst, sie und
Constable Currington vorzustellen. *Wenn er nicht so verdammt mitgenommen wirken wollen würde, sähe er vermutlich
ziemlich gut aus.*

„Wann genau wurde denn Mr Ernest Gibbs gefunden?", fragte der Inspector, der den vollen Namen von
Currington erfahren hatte, ohne Umschweife.

Die Institutsleiterin sah fragend zu dem jungen Pädagogen hin.

Dieser räusperte sich vernehmlich, ohne seine Leichenbittermiene aufzugeben und kam der nonverbalen
Aufforderung in näselndem und zugleich äußerst
schleppendem Tonfall nach. „Es muss wohl gegen neun
Uhr gewesen sein. Auf die Minute genau kann ich es
leider nicht sagen. Tut mir leid, Inspector."

Autsch!, ein Mann mit einer derartigen Stimme und
einem Sprachduktus, bei dem man beim Zuhören am
liebsten anschieben mochte, konnte so gut aussehen,
wie er wollte. So viel stand zumindest für den weiblichen Sergeant fest. Der Arme konnte zwar nichts dafür, aber Pat taten seine Schüler trotzdem leid. Sie hatte
auch einmal eine Lehrerin mit einer unmöglich kräch-
zenden Stimme gehabt. Ihr zuzuhören, war eine Qual
gewesen, obwohl die Frau eigentlich einen interessan-
ten Unterricht gehalten hatte.

„Guten Morgen, MacGregor! Herrschaften! Wo

müssen wir hin?" Der leitende Beamte der Spurensicherung, Innes, war gerade mit seinem Team, das mit Taschen und Koffern bepackt war, in die Halle getreten. Der Mann war erst kürzlich dem Revier des Inspectors zugeteilt worden, da sein Vorgänger nach Edinburgh gewechselt war. MacGregor hoffte inständig, dass sich Innes als ebenso fähig erweisen würde.

„Morgen, Innes. Wir gehen gemeinsam. Wir haben den Tatort, sofern es denn einer ist, auch noch nicht in Augenschein genommen. Wären Sie bitte so freundlich …" Er hielt zögernd inne, denn er wusste nicht recht, wen er darum bitten sollte, die Führung zu übernehmen. Die Internatsleiterin oder den Schulleiter? Sein Dilemma löste sich jedoch von selbst auf, denn Mrs Curtis nickte Mr Jones zu und verabschiedete sich. Bei Fragen sei sie in ihrem Büro zu finden. Der Lehrer begleitete die Beamten und seinem Chef, Mr Jones.

„Wir müssen in den Ostflügel. Dort hatte Ernest seine Zimmer. Die meisten der hier unterrichtenden Lehrkräfte leben auch im Haus, momentan sind das acht an der Zahl, meine Wenigkeit mit einberechnet. Das gehört zur Schulphilosophie. Mrs Curtis wohnt auch hier, doch sie unterrichtet selbst nicht. Wir sind wie eine große Familie und die Beziehung zwischen der Leitung, den Lehrern und den Schülern wird dadurch positiv geprägt. Unsere Lehrkräfte haben kleine, gemütliche Wohnungen und Kost und Logis sind frei. Deshalb wird das Angebot auch von allen Alleinstehenden genutzt. Nur diejenigen Kollegen, die Familie haben, wohnen außerhalb des Geländes."

„Das ist aber ziemlich großzügig von Ihnen, ich meine, die Lehrkräfte hier kostenlos wohnen zu lassen und ihnen zusätzlich noch die Verpflegung zu spendieren", wandte der Inspector ein wenig verwundert ein.

„Da mögen Sie auf den ersten Blick recht haben. Allerdings sind die hier lebenden Kollegen sozusagen Tag und Nacht verfügbar und wir sparen dadurch zusätzliches Aufsichtspersonal, das wir für die freie Zeit der Schüler, inklusive der Nächte, einstellen müssten. Es ist sozusagen eine Win-Win-Situation. Natürlich müssen die Kollegen nicht sieben Tage die Woche verfügbar sein. Jeder übernimmt zwei Abende die Woche, sodass in jedem Flügel eine Aufsicht da ist. Außerdem hat der Jungenflügel einen Hausvater und der Mädchenflügel eine Hausmutter. Aber wie sich das Ganze genau berechnet, müssten Sie Mrs Curtis fragen, Inspector. Sie ist für das Finanzielle, das Marketing und eben alles, was nicht zum Lehrplan und zur Schulordnung gehört, zuständig. Sie achtet darauf, dass wir schwarze Zahlen schreiben, etwas Vernünftiges zu essen serviert wird, organisiert die Reinigungskräfte, et cetera. Ich hingegen bin dafür zuständig, dass die Jugendlichen bei uns guten Unterricht bekommen und die Prüfungen internationalen Standards genügen. Das sind im Wesentlichen unsere beiden Ressorts."

„Wie viele Lehrer und Schüler hat denn die Einrichtung?", wollte Pat wissen, die hinter Jones und MacGregor ging.

„Im Moment haben wir gut 150 Schülerinnen und Schüler, etwa drei Viertel davon sind Internatsschüler, und 15 Lehrkräfte. Die Jugendlichen, wir nehmen ab 13 Jahren auf, kommen aus der ganzen Welt, nicht nur aus Schottland oder dem Vereinigten Königreich. Wir sind in der glücklichen Lage, uns unsere Zöglinge aussuchen zu können. Außerdem vergeben wir auch Stipendien an begabte Schüler aus ärmeren Ländern. Unsere Institution genießt einen sehr guten Ruf, denn wir setzen hier auf eine ganzheitliche Bildung und haben zahlreiche praktische Angebote, wie Segeln, Bogenschießen, Golfen, Tennis, Bushcrafting, Kanufahren, diverse musikalische Angebote, Theater-AGs, Yoga und Tanzkurse."

Beim letzten Angebot zuckte MacGregor unwillkürlich zusammen und er verspürte wieder Schmerzen an den Füßen. Diese hatte er in den letzten Minuten geschafft zu verdrängen, doch nun begann er wieder zu humpeln. Um sich von seinen Schmerzen abzulenken, fragte er nach: „Was bitte schön ist Bushcrafting?"

„Oh, ja. Das war die Idee unseres Sportlehrers. Er war früher bei der Armee und wollte diese Disziplin, wenn man sie so nennen darf, unbedingt auch bei uns einführen. Ich muss sagen, dass die Schüler begeistert davon sind, sich sozusagen allein in der Natur durchzuschlagen. Sie bauen sich Lager und erlernen handwerkliche Fähigkeiten, um zu überleben. Unterm Strich machen sie eigentlich nicht viel anderes als das, was ich als Junge schon früher mit meinen Kameraden gespielt habe. Aber welche Kinder bauen heutzutage schon noch Lager im Wald und versuchen, sich selbst zu versorgen? Und die Mädchen sind bei uns hier auch voll bei der Sache. Das Angebot wird wirklich ausgiebig genutzt, zumal es auch andere Elemente, wie beispielsweise die Orientierung in unbekanntem Gebiet, die Herstellung von Werkzeugen, Feuermachen ohne Streichhölzer oder Feuerzeuge und so weiter beinhaltet."

„Also ein Mix aus Survival Training, Geo Coaching und Pfadfinderei?", fasste Pat das nur vermeintlich neumodische Unterrichtsfach zusammen.

„Ja, das kommt wohl hin, Ma'am", antwortete der Schulleiter. „Wobei aber immer mindestens zwei Kollegen eine Gruppe Jugendlicher begleiten, wenn sie eine mehrtägige Expedition machen. Ganz alleine überlassen wir sie nicht der Wildnis. Da würden einem heutzutage die Eltern auf's Dach steigen."

Sie waren die große, steinerne Haupttreppe, die die Halle mittig teilte, hinaufgestiegen. Sie war nicht freischwebend, sondern wurde durch zahlreiche Pfeiler gestützt. Im ersten Stock gingen sie über die Galerie nach links, um in den östlichen Flügel des weitschweifigen Gebäudes zu gelangen. Die rustikalen, geölten Bodendielen aus Eiche knarzten unheimlich unter ihren Schritten. An den Wänden hingen alte, einigermaßen verrußte, einst goldfarben gerahmte Ölgemälde von finster dreinblickenden Gutsherren, die wahrscheinlich in Hillside residiert hatten. Zwischendurch wurde man auch hier wieder vom ein oder anderen Tierkopf angestarrt. In diesem Stockwerk war das Licht ebenfalls spärlich, da es nur wenige Fenster gab.

Also in so einem Haus würde ich meine Tochter wirklich nur ungern zur Schule gehen lassen!, überlegte MacGregor, der eine 14-jährige Tochter namens Maeve hatte. Da konnten sie segeln und Theater spielen, so viel sie wollten. Maeve spielte auch gerne und gut in der Theatergruppe an ihrer Schule. Aber höchstwahrscheinlich hätte er sich das Schulgeld hier von seinem Gehalt ohnehin nicht leisten können, schloss er den Gedankengang ab.

Über eine Seitentreppe hatten sie inzwischen das zweite Stockwerk des Ostflügels des ehemaligen Herrensitzes erreicht. Der Schulleiter blieb vor einer dunkelbraun lackierten Holztür stehen und deutete darauf. Anscheinend wollte er sich selbst den Anblick der Leiche ersparen. „Sie müssen durch den Wohn-Ess-Bereich hindurch und ins dahinter gelegene Schlafzimmer", erläuterte Jones den Beamten.

MacGregor streifte sich Einweghandschuhe über, betrat die Wohnung, gefolgt von seinem Sergeant und seinem Constable, die sich ebenfalls ihre Handschuhe angezogen hatten. Innes und seine Leute warteten mit den beiden anderen noch vor der Tür. Es hatte keinen Sinn, sich in der kleinen Wohnung gegenseitig auf die Füße zu treten.

Im ersten Zimmer gab es zwei Fenster und es war deutlich heller als der Inspector erwartet hatte. Ein gemütliches Chesterfieldsofa, samt einem dazugehörigen nussbraunen Sessel, standen vor einem Fernseher. Ein weiterer, etwas kleinerer Sessel stand vor einem offenen Kamin. Daneben lag auf einem Beistelltischchen unter einer Leselampe ein gebundenes Buch, aus dem ein rotes Bändchen als Lesezeichen hervorlugte. In einer anderen Ecke des relativ großen Raumes standen ein antiker Esstisch aus dunklem Holz und vier mit Schnitzereien verzierte Stühle. Eine richtige Küchenzeile gab es allerdings nicht. Auf einem Küchenblock befanden sich lediglich ein Wasserkocher, eine Kaffeemaschine und eine Mikrowelle. Neben einer kleinen Spüle stand ein Kühlschrank. Gekocht hatte der Tote wohl nicht, sondern sich lediglich Mahlzeiten aufgewärmt. Das Einzige, das er sich selbst zubereitete, waren offenbar Tee und Kaffee gewesen.

Der Ermittler öffnete den Kühlschrank. Darin fand er nur eine angebrochene Packung Milch und zwei Flaschen Weißwein. Die Milch musste die Spurensicherung eintüten und untersuchen. MacGregor überlegte. Wenn der Tote nur Mahlzeiten eingenommen hatte, die auch die anderen Bewohner des Hauses verzehrt hatten, war eine Lebensmittelvergiftung eigentlich auszuschließen.

Pat betrat als erste das Schlafzimmer. Die Bettdecke des Toten wies starke Verschmutzungen auf und war auf den Boden vor dem Bett gerutscht. Der Mann hatte die zusammengekrümmte Haltung eines Embryos eingenommen und lag in seinem eigenen Dreck. Im Zimmer roch es ziemlich unangenehm nach säuerlichem Erbrochenem und Kot. Die Augen von Ernest Gibbs waren weit aufgerissen und starrten ins Leere.

Das war ein qualvoller Tod gewesen. So viel stand fest. Der Mann hatte es nicht mehr geschafft, aufzustehen, um nach nebenan zu gehen und übers Telefon

Hilfe zu rufen. Handy sahen die Beamten keines im Schlafzimmer. Ob er wohl noch um Hilfe gerufen hatte?, überlegte MacGregor. Sie mussten die Bewohner der anderen Zimmer auf dem Flur fragen, ob diese in der Nacht oder am Morgen irgendetwas mitbekommen hatten. Wenn sie Schreie gehört hätten, hätten sie bestimmt jemanden verständigt. Oder war es möglich, dass Mr Gibbs bei den Schülern so unbeliebt war, dass diese Hilferufe ignoriert hätten? Konnten Teenager so grausam sein?

Hier gab es im Moment nichts mehr für sie zu tun. Sie gingen wieder auf den Flur hinaus und überließen Innes und seinem Team das Feld.

„Wer wohnt denn noch hier auf dem Stockwerk?", wollte Pat wissen, die einen ähnlichen Gedankengang wie ihr Chef verfolgt hatte.

„In der Wohnung hinter mir, also gegenüber, wohnt Miss Norris, unsere hauseigene Krankenschwester", erläuterte der Schulleiter und deutete hinter sich. „Bei ihr halten sich im Moment auch die beiden Sanitäter auf. Sie kennen sich, zumal wir hier ja ab und an auch einen Krankenwagen brauchen. Miss Norris ist eine äußerst fähige Kraft, aber bei unseren diversen Outdooraktivitäten kommt es dann und wann zu Verletzungen, deren Behandlung einen Arzt erfordert. Aber nicht, dass Sie jetzt glauben, wir betrieben hier Extremsportarten …"

Doch MacGregor unterbrach ihn mit einem Wink. Die Verletzungsquote von Schülern interessierte ihn im Moment nicht. „Und Miss Norris hat nichts gehört?"

„Natürlich nicht, sonst wäre sie dem armen Ernest doch zur Hilfe geeilt. Und ich kann mir nicht vorstellen, dass ihn jemand anderes gehört hat. Hier auf dem Flur wohnen ansonsten nur noch ältere, männliche Schüler, die in Zweibettzimmern schlafen. Die jüngeren Schüler sind in kleineren Schlafsälen, à zehn Personen untergebracht. Der Ostflügel ist sozusagen, mit Ausnahme von Miss Norris und zwei Lehrerinnen, in Männerhand. Die Mädchen schlafen im Westflügel. Der Unterricht ist im 21. Jahrhundert selbstredend koedukativ."

„Hat noch jemand anderer über Beschwerden geklagt, Mr Jones?", schaltete sich Pat erneut ein. Sie wollte sich nicht in den Vordergrund drängen. Ihr Chef hatte sie aber, nachdem er bemerkt hatte, dass sie durchaus intelligente Fragen an Zeugen stellte, dazu ermuntert, ruhig Eigeninitiative bei Befragungen zu ergreifen.

„Bisher nicht und ich hoffe doch sehr, dass das so bleibt! Gestern Abend hatten wir Fisch. Aber unser Fischhändler versorgt uns immer mit der besten Qualität. Ich kann mir nicht vorstellen, dass etwas damit nicht stimmte." Er nickte mehrmals, wie um sich selbst vom unbedingten Wahrheitsgehalt seiner Aussage zu überzeugen.

„Und was gab es gestern zum Mittagsessen?", hakte MacGregor nach, da manche Gifte ja deutlich länger brauchten, bis sie wirkten.

„Oh, zum Lunch gibt es bei uns immer nur eine leichte Suppe, Salat, Obst und Gurkensandwiches. Wir bläuen den Jugendlichen immer ein, dass sie ordentlich frühstücken sollen. Das ist die wichtigste Mahlzeit des Tages. Wir haben hier nämlich wirklich ein Frühstücksbüffet, das sich sehen lassen kann. Neben dem traditionellen Breakfast berücksichtigen wir auch die kontinentalen Essgewohnheiten."

Die Tür hinter ihm flog auf und eine kleine, rundliche Frau mit einem roten, wirren Lockenkopf, den sie versuchte, in einem Pferdeschwanz zu bändigen, stob aus der dahinterliegenden Wohnung hervor.

„Ein Anruf! Mrs Heart ist im Unterricht zusammengebrochen, Direktor! Anscheinend doch eine Lebensmittelvergiftung! Oh je, oh je …"

Sie eilte mit den beiden Sanitätern im Schlepptau, wobei einer davon den Notfallkoffer trug, an ihnen vorbei.

III

Der Inspector traute seinen Ohren kaum. Der Schulleiter hatte eben einen äußerst derben Fluch ausgespien, von dem er niemals geglaubt hätte, dass er diesem Mann über die Lippen kommen würde. Danach heftete er sich, verzweifelt mit den Armen rudernd, an die Fersen des Notfalltrupps, dicht gefolgt von Fury. MacGregor und die anderen beiden Polizisten taten es ihm nach, wobei der ranghöchste innerlich ebenfalls fluchte wie ein Kesselflicker, während er humpelnd das Schlusslicht bildete. Er war sich sicher: mittlerweile hatte er richtige Blasen an den Füßen!

Den Direktor trieb jedoch etwas ganz anderes um, als MacGregor gedacht hatte. Wenn sich herumsprach, dass es an ihrem Internat eine Lebensmittelvergiftung gegeben hatte und ein Lehrer – hoffentlich blieb es bei dem einen Todesopfer – daran gestorben war, würden die Eltern Alarm schlagen. Eileen würde Schnappatmung bekommen, wenn er es ihr berichtete. Er malte sich schon aus, dass sie die Schule würden schließen müssen! *Entsetzlich, einfach entsetzlich!*

Die Unterrichtsräume waren im Erdgeschoss des Haupthauses untergebracht. Die Lehrkräfte hatten ihre eigenen Räume, die Schüler wechselten nach jedem Unterrichtsfach die Zimmer. Mrs Heart, die Geogra-

phielehrerin unterrichtete gerade eine Klasse Drei-
zehnjähriger, als sie würgend hinter ihrem Pult zusammengebrochen war und dabei den Globus mit sich zu
Boden gerissen hatte. An den Wänden hingen etliche
topographische und thematische Landkarten von einzelnen Staaten beziehungsweise Landstrichen der Erde
oder ganzen Kontinenten. Daneben gab es Plakate von
Schülern, die diese zu bestimmten Aspekten, wie beispielsweise den Landesteilen Großbritanniens, selbst
erstellt hatten.

Die entsetzten und verstörten Schüler hatte der
Lehrer aus dem Raum nebenan, Mr Russo, mit in sein
Klassenzimmer gepfercht. Nun kümmerte er sich um
die am Boden liegende und von schweren Krämpfen
geschüttelte Frau. Er kniete neben ihr und einer Pfütze
ihres Erbrochenen auf den Fußboden und sprach beruhigend auf sie ein, war allerdings sichtlich mit der
Situation überfordert. MacGregor, der Sergeant und
der Constable blieben mit Fury vor der Tür stehen.
Der Schulleiter war der Krankenschwester und den Sanitätern in den Raum gefolgt. Nach kürzester Zeit jedoch rannte einer der beiden Sanitäter wieder hinaus,
um die Trage aus dem Krankenwagen zu holen. Der
Inspector gab seinen beiden Beamten einen Wink und
sie zogen sich in einen anderen Winkel der großen
Halle zurück.

Der junge Lehrer blieb hilflos vor dem Klassenzim-
mer stehen. Doch dann bemerkte er, dass aus dem
Raum nebenan, in dem der andere Lehrer die beiden
Klassen zusammen untergebracht hatte, mehrere

Schüler neugierig ihre Köpfe durch die geöffnete Tür steckten. Dies veranlasste ihn dazu, dort die Aufsicht zu übernehmen.

„Was hat denn Mrs Heart, Sir?", fragte eines der jüngeren Mädchen mit französischem Akzent. Die Kleine trug die obligatorische Schuluniform, die aus einem schwarzen Buntfaltenrock samt gleichfarbigem Blazer, einer weißen Bluse und einer schwarz-gelb karierten Krawatte bestand. Die Jungen, die sich hinter ihr den Hals verrenkten, um etwas mitzubekommen, trugen in etwa das Gleiche, nur statt der Bluse ein weißes Hemd und statt dem Rock eine Bundfaltenhose.

„Ich weiß es nicht, Michelle. Sie wird ins Krankenhaus gebracht."

„Stimmt es, dass Mr Gibbs heute Nacht gestorben ist?", wollte einer der älteren Schüler ohne Umschweife wissen.

Aufgebrachtes Getuschel machte sich im Raum breit. Anscheinend hatten viele noch nichts davon gehört.

Fury hob beschwichtigend die Hände. „Ruhe bitte, Herrschaften! Die Schulleitung wird euch zu gegebener Zeit von den Geschehnissen in Kenntnis setzen. Ich bin nicht dazu befugt", erklärte er in gewohnt schleppendem Ton.

Ein sommersprossiges Mädchen, das in der ersten Reihe saß, verdrehte ostentativ die Augen, was ihr einen rügenden Blick des Pädagogen einbrachte, der dieses Mienenspiel gesehen und zurecht auf sich bezogen hatte.

Der Lärmpegel im Zimmer schwoll erneut an, doch dann wurde die Tür geöffnet und der Schulleiter sowie Mr Russo traten ein.

Erleichtert trat der jüngere Mann beiseite und machte dem Älteren Platz.

„Mrs Heart wird gerade ins Krankenhaus gebracht. Dort wird man ihr helfen. Es besteht kein Grund zur Sorge", meinte er, freundlich aber nachdrücklich in die Reihen der Schüler blickend. „Die Klasse von Mrs Heart geht jetzt zurück ins Zimmer nebenan. Mr Fury, ich möchte Sie bitten, die Klasse dort zu beaufsichtigen." Er nickte diesem zu und fuhr dann fort. „Mr Russo, Sie übernehmen bitte wieder hier." Er hatte sich dem Ersthelfer, der im Türrahmen stehengeblieben war, zugewandt, ehe er eilig den Raum verließ. Er musste zur Internatsleiterin, und zwar schnell. Vielleicht fiel ihr eine Möglichkeit ein, wie sie diese leidige Angelegenheit abbiegen konnten, ohne dass ein schlechtes Licht auf ihr Internat fiel. Er eilte in den ersten Stock, wo die beiden ihre Büros hatten und achtete gar nicht auf die Polizeibeamten, die ihm einigermaßen erstaunt hinterhersahen.

„Nun, der hat wohl gerade keine Zeit für uns", konstatierte MacGregor trocken.

„Und was machen wir jetzt, Sir?", wollte Currington von seinem Vorgesetzten wissen. Er mochte keine Einsätze. Er blieb am liebsten auf der Wache und nahm Telefonanrufe entgegen.

„Immer der Nase nach, Constable. Immer der Nase nach…", meinte er und begann humpelnd, den marmornen Boden der großen Halle diagonal zu überqueren, während ihm Currington begriffsstutzig hinterherschaute.

„Er will in die Küche", flüsterte Pat dem Constable zu und lüftete damit das Geheimnis. Sie mochte den Mann, verstand jedoch, weshalb MacGregor bisweilen nicht sonderlich gut auf ihn zu sprechen war. Der Constable war, wie man es häufig bei schwächeren Schülern in Zeugnissen lesen konnte, *redlich um gute Leistungen bemüht*. Er war also nicht faul, sondern einfach nicht der Hellste und das konnte man ihm, Pats Meinung nach, nicht verübeln. Er konnte schlichtweg nichts dafür.

* * *

„Oh, Eileen, es ist etwas Fürchterliches passiert! Rosemary Heart hatte einen krampfartigen Anfall und musste ins Krankenhaus gebracht werden! Auch sie hat sich erbrochen!" Mr Jones eilte um den Schreibtisch herum und nahm die Internatsleiterin in die Arme.

Die beiden pflegten schon seit Jahren nicht nur eine äußerst gute berufliche Beziehung, sie waren auch privat ein Paar. Im Lehrkörper war dies ein offenes Geheimnis, vor der Schülerschaft sollte die Liaison jedoch geheim bleiben. Doch dies war natürlich nicht der Fall. Meist wussten die Schüler als allererste über derlei Dinge Bescheid und an diesem Internat wurde genauso getratscht wie an jeder anderen

Schule. Und das liebste Thema waren natürlich wie überall die Schwächen der Lehrkräfte. Mrs Curtis, die seit zehn Jahren geschieden war und er, der beinahe ebenso lange verwitwet war, machten sich dahingehend keinerlei Illusionen. Dafür waren sie schon zu lange im Geschäft. Doch nach außen hin sollte der Schein gewahrt bleiben. Die beiden hatten getrennte Wohnungen, die allerdings der Einfachheit halber, ebenso wie die Büros, auf dem gleichen, also diesem, Stockwerk lagen. Und hier gab es keine Schlafräume für Schüler.

„Was sagst du, Harmon? Das ist ja schrecklich!" Ihrem Gesicht entwich jegliche Farbe, doch die von ihrem Gegenüber befürchtete Schnappatmung blieb aus. „Wir müssen augenblicklich, am besten gleich beim Lunch", überlegte sie fieberhaft, „eine beschwichtigende Erklärung abgeben. Unbedingt, bevor die Kinder ihre Eltern kontaktieren und die Gerüchteküche zu brodeln beginnt! Was hältst du von einer allergischen Reaktion? Wäre das plausibel genug? Zu dumm, dass gleich zwei Lehrkräfte erkrankt sind!" Sie schüttelte sich. Der arme Ernest war ja nicht nur erkrankt, er war *gestorben*! Sie verdrängte diesen Umstand und versuchte rational und pragmatisch zu bleiben. „Aber Nahrungsmittelunverträglichkeiten sind heutzutage weit verbreitet. Es können durchaus zwei Menschen, auch in einem so kleinen Kreis, unter der gleichen Allergie leiden. Oder meinst du, das nimmt uns keiner ab?", fragte sie ihn ängstlich.

„Ich komme mir ganz schäbig vor, Eileen. Ernest ist

tot, Rosemary schwerkrank und wir müssen uns hier Gedanken über den Ruf unseres Hauses machen." Harmon Jones seufzte niedergeschlagen.

„Ich empfinde das genauso, aber wenn wir Hillside retten wollen, müssen wir uns etwas einfallen lassen – und zwar auf der Stelle!", erwiderte die Internatsleiterin energisch. „Trauern können wir später auch noch. Und Rosemary wird schon durchkommen! Du wirst sehen, sie ist eine Kämpfernatur! Himmel, und einen neuen Mathematiklehrer brauchen wir auch so schnell wie möglich! Und das mitten im Schuljahr! Meinst du, du schaffst es, den alten MacLeod zu überreden, zumindest übergangsweise aus seinem Ruhestand zurückzukehren?"

* * *

„Guten Morgen Ma'am. Ich bin Inspector MacGregor von der Police Scotland. Meine Begleiter sind Sergeant Taylor und Constable Currington." Der Ermittler hielt einer ziemlich massigen Frau, die gerade in einem riesigen Topf rührte, seinen Dienstausweis unter die Nase. „Sie sind die Köchin des Hauses, wie ich annehme?", fuhr er fort, nachdem die Frau keinerlei Reaktion gezeigt hatte. Er ging davon aus, dass sie gut kochte. Sie sah zumindest so aus.

„Muss nich' von der Polizei sein, um das erkenn' zu können, was?", stieß sie wiehernd hervor.

MacGregor zog ermahnend eine Augenbraue nach oben, was die Frau mit einem „Is' ja schon gut, Inspector", quittierte. „Ja, ich bin Gwenda Pitt und koch' hier schon so lange, dass ich gar nich' mehr weiß, wie lange." Sie legte den großen hölzernen Kochlöffel neben die Herdplatte des Gasherds und wischte sich die Hände an der Schürze ab. In der großen Küche, die direkt an den weiträumigen Speisesaal angrenzte, arbeiteten noch einige weitere Frauen, anscheinend die Küchenhilfen von Mrs Pitt. „Hab' schon gehört, was mit Mr Gibbs passiert is'. Schade um ihn. War'n netter Kerl. Nich' so von oben herab wie viele andere Lehrer hier. Wusste meine Küche zu schätzen, der Mr Gibbs. Werd' für seine Seele beten." Die Frau bekreuzigte sich.

„Wir müssen Ihnen leider mitteilen, dass noch eine weitere Lehrkraft erkrankt ist, eine Mrs Heart", erklärte MacGregor.

„Was! Ah! Ich verstehe und jetzt sind' Se hier, um mir das in die Schuhe schieben, was? Aber ich sag' Ihnen, von mei'm Essen is' noch nie nich' einer krank gewor'n! Das schwör, ich, so wahr ich hier stehe!" Die korpulente Gestalt, die in etwa die gleiche Größe hatte wie der Inspector, baute sich trotzig vor den Beamten auf. Es hätte nur noch gefehlt, dass sie den eben abgelegten Kochlöffel ergriffen hätte, um ihre Beteuerung zu untermauern.

„Das behauptet auch keiner, Mrs Pitt. Bitte beruhigen Sie sich", redete der Sergeant auf sie ein und Pats Worte schienen die Köchin ein wenig zu besänftigen. „Wir müssen nur in alle Richtungen ermitteln, und eine Lebensmittelvergiftung muss eben erst ausgeschlossen werden. Wie ich sehe, gibt es bald Lunch. Wie wird denn heute serviert?"

„Serviert wird gar nich'. Könn' wir nich' auch noch machen! Haben ohnehin schon alle Hände voll zu tun. Die Arbeit wird immer mehr und die Leute und der Lohn wer'n immer weniger. Aber jammern hilft auch nichts, is' wohl überall so. Mein Mann is' Zimmerer, sagt er nich' neulich …"

Doch MacGregor unterbrach die Köchin an dieser Stelle, was ihn nicht unbedingt in ihrer Sympathie steigen ließ. „Sie bauen also zum Breakfast, zum Lunch und zum Dinner ein Büfett auf, Mrs Pitt?", säuselte er bemüht freundlich, um an die gewünschten Informationen zu gelangen, ohne dass sich die Matrone erneut echauffierte.

„Jawoll! Und das nich' wenig. Hier wird jeder satt. Das garantier' ich Ihnen!"

Pat blickte über die Ausgabetheke hinweg in den Speisesaal, in dem fünf lange Tafeln standen, um die Stühle herum gruppiert waren. Im vorderen Bereich, nahe der Küche, stand zudem ein runder Tisch, um den herum sechzehn Stühle aufgestellt waren. Außerdem bemerkte sie noch etwas anderes.

„Der runde Tisch dort", sie deutete in den Saal, „ist das der Lehrertisch?"

Mrs Pitt nickte mehrfach, wobei ihr Doppelkinn wackelte.

„Wo essen denn die anderen Leute, die im Haus angestellt sind?"

„Oh, die haben einen extra Raum, den Flur runter,

also auf der anderen Seite der Küche. Da haben wir auch noch eine Ausgabe", die Köchin machte mit dem Kopf eine vage Bewegung hinter sich.

„Ich sehe, dass auf den Tischen Flaschen und andere Behälter stehen. Was ist das und steht es immer dort?"

„Ja, das sin' Salz und Pfeffer, Essig, Öl, Brown Sauce und Ketchup. Das steht immer dort. Zum Frühstück stellen wir noch Milchkannen, Zuckerdosen, Gläser mit Konfitüren und Schokoaufstrich dazu. Aber die räumen wir immer danach wieder ab. Die anderen Sachen kann man ja zu jeder Mahlzeit gebrauchen. Sie glauben ja nich', was die Kinder alles mischen. Gestern Abend gab's gedünsteten Fisch und manche schütten da Ketchup oder Brown Sauce drüber, obwohl ich extra 'ne feine Minze-Koriander-Tunke dazu gekocht hab'!" Die Frau schüttelte sich sichtlich angeekelt.

„Gab es etwas, das nur Mr Gibbs und Mrs Heart aßen oder für das die beiden die gleiche Vorliebe hegten?", schaltete sich nun der Inspector wieder ein.

Die Köchin begann wieder erfreut zu wiehern. „Ja, jetzt, wo Se's sagen, Inspector. Tatsächlich schwören beide auf meine selbstgemachte Pflaumenmarmelade. Die kommt auch nur auf'n Lehrertisch, weil da 'n guter Schuss Jamaikarum drin is'. Das is' aber nich' das Einzige, was die Konfitüre so besonders macht. Ich geb' auch noch Sternanis rein. Das is' zwar nich' jedermanns Sache, aber ich mag sie so am liebsten und Mr Gibbs und Mrs Heart wollten jeden Morgen was davon zum Frühstück", erläuterte sie mit vor Stolz geröteten Backen.

„Könnten Sie uns das angebrochene Marmeladenglas bitte holen?", bat sie MacGregor höflich.

Mit einem Mal dämmerte es der Köchin und ein Donnerwetter brach über die Polizisten herein. „Kommen her, frag'n mich scheinheilig aus! Stell'n mir 'ne Falle und warten bis ich dumme Nuss hineintappe! Behaupten also, dass mit meiner Marmelade was nich' stimmt! Jetzt hören Se mal, Mann. Ich lass' mich nich' so mir nichts dir nichts beschuldig'n! Ich ruf' jetzt mein' Anwalt an, jawoll! Ich kenn' nämlich meine Rechte! Hab' sogar so 'nen Rechtsverdreher, seit se mei'n Mann in der letzten Stelle über's Ohr hau'n wollt'n. Aber mit uns nich'! Da haben Se sich verrechnet, Inspector. Ich lass' mir nichts anhängen! Ich bin zwar nur 'ne einfache Köchin, aber von gestern bin ich nich' …"

„Aber, aber, Mrs Pitt", unterbrach sie nun Pat sanft. „Wir beschuldigen doch nicht Sie als Köchin der Marmelade! Es geht uns darum, dass jemand der Konfitüre etwas beigemischt haben könnte!"

„Da brat mir einer 'n Storch! Sie mei'n also in Hillside treibt n' Giftmörder sein Unwesen?"

IV

„Aber nein!", schritt nun der Inspector ein. Das Letzte, das sie jetzt gebrauchen konnten, war eine Massenpanik, ausgelöst von einer tratschenden Köchin. „Wie der Sergeant bereits sagt, Mrs Pitt, wir müssen in alle Richtungen ermitteln. Wenn Sie uns also bitte einfach die Marmelade aushändigen würden."

„Das geht nich'", erwiderte sie.

Langsam aber sicher wird es mir zu bunt!, dachte MacGregor und versuchte, seinen Ärger hinunterzuschlucken. Dieses Weib ging ihm entschieden auf die Nerven. Es war Zeit, die Köchin in ihre Schranken zu weisen. Er bemühte sich um einen neutralen Tonfall, als er zu sprechen begann: „Entweder Sie holen uns jetzt auf der Stelle dieses Glas oder ich werde Sie wegen Behinderung der polizeilichen Ermittlungen offiziell verwarnen. Und Sie können auch augenblicklich Ihren Anwalt darüber informieren. Haben Sie mich verstanden, Mrs Pitt?", setzte er ein wenig schärfer als beabsichtigt hinzu.

„Jetz' ham Se mich falsch verstanden, Inspector", die Frau hob beschwichtigend die Hände. Denn sie war natürlich nicht willens, ein Bußgeld zu bezahlen. „Ich kann Ihnen das Glas nich' bringen, weil es seit gestern leer is'. Heute Morgen hab' ich vergessen, ein neues von zu Hause mitzunehmen. Hab's abends noch aus'm Keller geholt, dann aber in der Hektik am Morgen auf der Anrichte in meiner Küche daheim stehen lassen. Mrs Heart war deswegen sogar 'n bisschen eingeschnappt. Und Mr Gibbs, der Arme, nuja, der is' ja heute gar nich' zum Frühstück erschie'n."

MacGregor entwich ein Fluch.

„Ja, das hat se sich wohl auch gedacht, gesagt hat se's natürlich nich'. Achtet immer sehr auf'n Ausdruck. Mrs Heart mein' ich."

„Ich nehme an, dass Sie das Glas ausgespült haben – oder haben Sie es zum Altglas gegeben?", hoffte Pat.

„Ne, wo denken Se hin. Ich werf' doch meine guten Weckgläser mit Bügelverschluss nich' weg. Was meinen Se, was so 'n Einmachglas mittlerweile kostet! Alles wird teurer", stellte die Köchin nüchtern fest.

„Und Sie sind sich sicher, dass diese beiden Personen die einzigen waren, die Ihre Pflaumenkonfitüre gegessen haben?", vergewisserte sich nun MacGregor.

„Normalerweise schon. Wie gesagt, Anis is' 'n Gewürz, das nich' jed'm schmeckt. Und wenn doch, dann werden wir's wohl bald wissen", merkte sie trocken an.

Na, die hatte vielleicht Nerven!, dachten MacGregor und sein Sergeant gleichzeitig und sahen sich konsterniert an. Currington hatte entweder nicht verstanden oder nicht zugehört. Die Notizen machte Pat.

„Ist die Küche über Nacht verschlossen?", wollte MacGregor nun wissen.

„Ich sperr' abends ab, ja. Und morgens sperr' ich auf. Die Lehrer haben aber Schlüssel. Diejenigen, die hier wohnen, holen sich ab und an selbst einen Snack aus der Kühlung, wenn ihnen danach ist."

„Hätten die Schüler die Möglichkeit, etwas in die Gläser zu geben?"

„Wie? Meinen Se etwa, das war 'n Dummerjungen-streich, der den armen Mr Gibbs umgebracht hat?"

Der Inspector seufzte und Pat übernahm wieder das Ruder. „Wie gesagt, Mrs Pitt, wir stehen erst am An-fang der Ermittlungen. Wir wissen nicht, ob die Opfer mit Vorsatz vergiftet wurden oder nicht. Also, kann ein Schüler etwas unbemerkt in ein Glas schütten, das am Lehrertisch steht?"

„Nein, ich glaub' nich'. Aber beschwör'n kann ich's auch nich'. Meist sin' schon Lehrer da, bis die ersten Schüler eintrud'ln. Ha'm es nich' so mi'm Aufstehen, die jungen Herrschaften."

„Können Sie sich erinnern, welcher Lehrer gestern als erster den Speisesaal betreten hat, Mrs Pitt?"

„Na, Sie sin' vielleicht gut! Ich hab' hier knapp 200 Mäuler zu stopfen und kann nich' Obacht ge'm, wer hier wann einzutret'n geruht!", entrüstete sich die Kö-chin. „Und meine Mädchen brauchen Se auch nich' erst zu behellig'n. Die ham genauso viel zu tun. Wir müss'n hier für unser Geld was arbeit'n! Jawoll. Und jetzt muss ich weiterkochen. Sie ham mich schon lang genug aufgehalt'n!", meckerte sie abschließend und be-gann wieder in der Suppe zu rühren, um dann etwas davon mit dem Kochlöffel auf einen kleinen Teller zu schöpfen, um die Suppe abzuschmecken.

Nach dieser abrupten Entlassung sahen sich die Beamten im Speisesaal um. Doch sie konnten nichts entdecken, was ihnen die Köchin nicht schon erläutert hatte.

„Wir brauchen eine Liste des Lehrerkollegiums, eine des Hauspersonals und eine der Schülerschaft. Bitte kümmern Sie sich darum, Constable. Ich denke, man wird Ihnen im Sekretariat in der Verwaltung weiterhelfen können." Er deutete auf ein Schild an der Wand, das Besuchern als Wegweiser dienen sollte. „Sergeant, Sie rufen im Krankenhaus in Elgin an und erkundigen sich nach dem Gesundheitszustand von Mrs Heart. Danach lassen Sie die Namen der Lehrer und der anderen Angestellten durch den Computer laufen. Mal sehen, ob jemand von denen Vorstrafen hat."

MacGregor verließ das Haus und ging hinaus. An ihm zog gerade eine Gruppe älterer Schüler vorbei, die scheinbar einer Outdoor-Aktivität nachgegangen waren, denn ihre Füße steckten alle in bequemen Wanderstiefeln, wie der Polizist neiderfüllt bemerkte.

Bei ihrem Eintreffen hatte er einen Golfplatz erspäht. Er war, wenn er die Zeit dafür fand, ein leidenschaftlicher Golfspieler. Doch im Moment brauchte er einen klaren Kopf und den würde er bestimmt besser an der frischen Luft bekommen. Das alte Gemäuer war ihm nach wie vor nicht geheuer. Es hatte gerade aufgehört zu regnen und er setzte sich, nachdem er die Sitzfläche mit einem Stofftaschentuch getrocknet hatte, auf eine Bank am Rande des Golfplatzes. Er hatte freie Sicht auf das dahinterliegende, aufgewühlte Meer.

Schwere Brecher liefen auf die Küste zu, Möwen segelten im böigen Wind.

Normalerweise vertrat er sich beim Nachdenken gerne die Füße, aber das ging heute ja leider nicht, da diese in den verdammten Schuhen steckten. Ihn fröstelte leicht, weil es an der Küste um diese Jahreszeit meist kälter war als im Landesinneren, und er knöpfte sein Jackett zu. Das ging erstaunlich leicht, stellte er einigermaßen erfreut fest. Es lag wohl daran, dass seine Frau in letzter Zeit ziemlich gesund gekocht hatte. Damit war er nicht unbedingt glücklich, doch solange Fleisch oder Fisch dabei war, konnte er mit Gemüse leben. Allerdings musste er zugeben, dass magere Puten- oder Hähnchensteaks lange nicht so gut schmeckten wie ein Rinder-, Schweine- oder Hammelsteak. Es war zu erwarten gewesen, dass Erin über kurz oder lang auf diese Low-Carb-Sache anspringen würde. Kartoffeln, Reis oder Pasta waren momentan bei ihm zu Hause tabu. Zum Fleisch oder Fisch gab es entweder Salat oder eben warmes Gemüse.

Aber nun musste er sich über Marmelade Gedanken machen. War es Zufall gewesen, dass gestern der Inhalt des Glases zur Neige gegangen war? Er glaubte nicht so recht daran. Denn wenn man die Konfitüre tatsächlich kontaminiert hatte, hätte der Täter so sicher sein können, dass die beiden Opfer noch etwas davon aßen und sonst keiner sich daran gütlich tun konnte. Wenn es vorsätzlicher Mord war, und danach sah es dem Inspector aus, dann hatte der Mörder das Glas zwischen vorgestern Vormittag und gestern Vormittag präpariert. Um welches Gift es sich wohl handelte? Es musste nicht unbedingt geschmacksneutral sein, denn Anis und Rum hatten einen starken Eigengeschmack, der etwaige schwächere Nuancen überdecken konnte. Außerdem interessierte ihn, wie lange die Latenzzeit des Giftes war. Wenn beide Personen es in etwa zur gleichen Zeit, also möglicherweise am gestrigen Morgen, eingenommen hatten, warum war die Frau dann erst jetzt zusammengebrochen? Hatte sie vielleicht weniger Marmelade gegessen und war die Dosis deshalb geringer gewesen. Wirkte das Toxin unbedingt tödlich oder hatte Mrs Heart eine Chance? Sie hatten dem Pathologen nach ihrem Zusammenbruch Bescheid gegeben, dass er sich Gibbs' Leiche so schnell wie nur möglich anschauen sollte und im Labor angerufen, dass die Leute dort das Gift schleunigst bestimmten. Vielleicht konnte dem zweiten Opfer so noch geholfen werden.

* * *

„Mrs Hearts Zustand ist kritisch, sehr kritisch. Sie liegt auf der Intensivstation. Sie tun ihr Möglichstes, aber sie wissen nicht, ob sie durchkommt", erklärte Pat bedauernd.

MacGregor nahm diese Nachricht äußerlich stoisch auf, doch innerlich arbeitete es in ihm. Giftmorde und Bombenanschläge waren die beiden Mordmethoden, die er am meisten verabscheute. Sie waren hinterhältig und feige gleichermaßen. Natürlich war es an sich fragwürdig, beim Modus Operandi, der die Tötung eines

Menschen betraf, eine moralische Rangordnung zu erstellen, doch er konnte nicht anders. Giftmörder waren in seinen Augen niederträchtige Feiglinge.

„Ich werde die Liste der Lehrer und anderen Angestellten erst auf der Wache auf etwaige Vorstrafen hin bearbeiten können. Sie wissen ja, die neuen Sicherheitsstandards."

Das hatte der Inspector ganz vergessen. Er nickte zur Bestätigung.

„Außerdem sind zwei der Lehrkräfte keine britischen Staatsbürger. Da muss ich bei den Kollegen in Frankreich und Italien anfragen."

„Bitte geben Sie mir mal die Liste der Lehrerschaft, Currington." Er streckte die Hand nach dem Bogen Papier aus. Der Sergeant und der Constable hatten sich zu ihrem Vorgesetzten nach draußen begeben.

„Diejenigen, vor deren Namen ein Kreuz ist, leben in Hillside, Sir", merkte Currington pflichtschuldig an.

Der Inspector schaute ihn beinahe entzückt an. Scheinbar hatte der junge Beamte gerade eine helle Phase. „Gut gemacht, Currington. Wirklich gut gemacht!"

Currington errötete ob des seltenen Lobes, das er Pat zu verdanken hatte, da sie ihm diesbezüglich instruiert hatte, bevor sie im Krankenhaus angerufen hatte. Er sah dankbar zu ihr hinüber, doch sie zwinkerte ihm nur kurz zu, dass er ja den Mund halten und das Kompliment so stehen lassen sollte.

X	Eileen Curtis	Internatsleitung
X	Harmon Jones	Schulleitung, stellv. Internatsleitung Latein, Altgriechisch, Italienisch
	Walter Bertram	Mathematik, Naturwissenschaften, IT
X	Ernest Gibbs	Mathematik, Ökonomie, Schulpsychologie
	Jane Roberts	Englisch, Geschichte
	Rosemary Heart	Englisch, Geographie, IT
X	Mirelle Dubois	Französisch, Spanisch
	Penelope Booth	Sport weibl.
X	Lawrence Gilbert	Sport männl.
X	Sandra Whitehead	Musik
X	Enrico Russo	Französisch, Spanisch, Italienisch
X	Daniel Fury	Englisch, Gemeinschaftskunde, Recht
	Angela Forbes	Englisch, Politik, Ökonomie
X	Adam Singh	Mathematik, Naturwissenschaften
	Peter Dixon	Religion, A.K., Musik
	Jonas Quinn	Religion, r.k., Musik

Dann wohnte also Mrs Heart nicht im Hause. Das war interessant. Seltsam, dass sie hier frühstückte. Aber wenn MacGregor es sich recht überlegte, war dies doch nicht so abwegig. Schließlich hatte der Schulleiter gesagt, dass sie hier ein mannigfaltiges Büfett auffuhren. In dem Fall würde er selbst es wahrscheinlich genauso machen. Der Mörder hatte folglich, wenn das Gift tatsächlich in der Marmelade gewesen war, nach einer Möglichkeit gesucht, die Frau innerhalb der Internatsmauern zu töten oder ihr zumindest hier Leid zuzufügen. Sprach das dafür, dass er auch hier wohnte? Oder war nur eines der beiden Opfer sein Ziel gewesen und er hatte das andere billigend in Kauf genommen? Ein Kollateralschaden, sozusagen?

V

„Es ist bald Lunchzeit. Ich denke, da können wir die meisten Lehrkräfte erwischen. Ich halte es für ziemlich wahrscheinlich, dass der Täter einer aus dem Kreis der Lehrer ist. Gesetzt den Fall, es handelt sich tatsächlich um eine vorsätzliche Tat. Die Schüler und andere Hausangestellte sind zwar nicht gänzlich auszuschließen, doch die beste Möglichkeit hatten definitiv die Pädagogen."

Pat und Currington nickten, als das Handy des Sergeants klingelte.

„Taylor! Ja … Oh nein! … Ja, tut mir leid … Danke, dass Sie mir gleich Bescheid gegeben haben … Wiederhören!"

Sie machte ein bestürztes Gesicht und die anderen beiden Beamten ahnten bereits, was sie ihnen gleich sagen würde.

„Das war der behandelnde Arzt aus dem Krankenhaus. Rosemary Heart hatte akutes Nierenversagen. Die Dialyse blieb erfolglos. Sie konnten nichts mehr tun."

Zwei etwa fünfzehn Jahre alte Schülerinnen waren gerade um die Ecke des Hauses gebogen und tuschelten aufgeregt miteinander. Hatten die beiden mitbekommen, was Pat ihren Kollegen soeben mitgeteilt hatte? Anmerken hatten sie sich nichts lassen. Nun, es war nicht zu ändern. Und die Nachricht würde sich, wenn die Katze aus dem Sack war, ohnehin unter der Schülerschaft wie ein Lauffeuer verbreiten. Damit konnten sie sich jetzt nicht auch beschäftigen. Das war nicht ihre Aufgabe.

* * *

Müssen reden! Habe über deinen Vorschlag nachgedacht. Kann das nicht gutheißen. Hätte auch gerne einen vorzeitigen Ruhestand, aber die Sache ist mir zutiefst zuwider, Ernest! Ich möchte das anzeigen!

Nicht per WhatsApp! Morgen gleich nach dem Unterricht. Komm zu mir hoch.

„Also hat Mr Gibbs Mrs Heart einen Vorschlag gemacht, den diese missbilligte, sogar der Polizei melden wollte, und er hat sie daraufhin gestern Abend in seine Wohnung eingeladen", fasste der Sergeant die digitale Konversation zusammen, als sie MacGregor das Smartphone von Rosemary Heart reichte. Sie hatten ihre Schultasche aus dem Klassenzimmer, in dem sie zusammengebrochen war, geholt und durchsucht. Die Frau war für ihre Begriffe so freundlich, in anderer Hinsicht so unvorsichtig gewesen, sämtliche Zugangsdaten, also Benutzernamen und Kennwörter für diverse Geräte und Internetkonten auf einem abgetippten und laminierten Blatt in ihrer Brieftasche mit sich zu führen, die ebenfalls in der Schultasche steckte. Mr Gibbs Handy hatten sie in der Jackentasche eines Sakkos gefunden, das in seiner Wohnung an der Garderobe hing. Sie hatten die Wohnung des Junggesellen nun etwas genauer durchsucht, aber sonst nichts Auffälliges entdeckt. Seinen Laptop und das Handy hatten die Leute von der Spurensicherung mitgenommen. Gibbs Zugangscodes würden sie mit speziellen Tools knacken oder, wenn das nicht funktionierte, den Speicher ausbauen und auslesen müssen. Bisher hatten sie keine Aufzeichnungen oder Ähnliches, die ihnen weiterhalfen. Und Mrs Hearts Tablet, das auf dem Pult gelegen hatte, würden sie auch noch durchforsten müssen. Aber wenigstens kannten sie hierfür das Passwort.

Was hatte die Lehrerin mit „vorzeitigem Ruhestand" und „zutiefst zuwider" und „anzeigen" gemeint? MacGregor konnte nur vage herauslesen, dass die beiden Komplizen einen finanziellen Benefit signifikanter Größenordnung in Aussicht hatten und es sich um etwas Illegales handelte. Diebstahl? Aber wen wollten sie bestehlen beziehungsweise wollte Gibbs bestehlen? Sie mussten später noch zu Mrs Heart nach Hause. Sie war Witwe, aber lebte mit ihrer Mutter und ihrer erwachsenen Tochter in einem Haus im nächsten Dorf. Die beiden waren bereits vom Krankenhaus über das Ableben ihrer Tochter respektive ihrer Mutter in Kenntnis gesetzt worden. Mr Gibbs hatte offensichtlich keine näheren Verwandten oder zumindest hatte Mrs Curtis davon keine Kenntnis. Das würde ein langer Tag werden! Der Inspector blickte auf seine Armbanduhr. Jetzt war es Viertel nach eins. Schade, dass die Morde nicht erst einen Tag später stattgefunden hatten. Dann hätte er wenigstens eine Ausrede gehabt, nicht zum Tanzkurs kommen zu können. Na ja, vielleicht ergab sich ja bis morgen Abend eine Entwicklung, die ihn dienstlich ebenfalls unabkömmlich machen würde …

* * *

MacGregor hatte Mrs Curtis gebeten, die Lehrer zu instruieren, dass diese nach dem Lunch im Speisesaal verblieben. Die Jugendlichen würden heute ohnehin keinen Unterricht mehr bekommen. Die Internatsleiterin hatte ihre Ansprache vor den Schülern, dass zwei der Lehrkräfte verstorben waren, ebenfalls im Speisesaal hinter sich gebracht und nun betreute ein spezielles Kriseninterventionsteam aus Seelsorgern, Sozialpädagogen und Psychologen die Schüler. Ein Vorteil des orientalischen Touchs des Herrenhauses bestand darin, dass es mehrere Meditationsräume gab, die wie geschaffen für diesen Anlass waren.

MacGregor, der im Büro mit dem Sergeant und dem Constable im Büro der Internatsleiterin wartete, bis sie sie abholte, kannte einige dieser Betreuer. Es waren gute Leute und die Gesprächsrunden und die Workshops, die sie zur Trauerbewältigung hielten, halfen den Betroffenen wirklich. Natürlich wäre es für die Jugendlichen weit schlimmer gewesen, wäre einer aus ihren Reihen gestorben. Sicherlich waren sie schockiert, manche mochten aufrichtig trauern, aber er war sich sicher, dass die Mehrheit nicht lange unter dem Verlust leiden würde. So eng war die Bindung zwischen Lehrern und Schülern, die der Schulleiter bei ihrer Ankunft beschrieben hatte, seiner Meinung nach nicht. Oder sollte er sich da irren? War er dahingehend herzlos? Er versuchte sich zu erinnern, wie er als Teenager auf den Tod eines seiner Lehrer reagiert hätte. Er wusste es nicht. Wahrscheinlich kam es auf die jeweilige Persönlichkeit an. Manchen hätte er mit Sicherheit keine Träne hinterhergeweint. Er erinnerte sich an einen seiner Mathematiklehrer, dem er zwar nicht den Tod, aber die Pest an den Hals gewünscht hatte. Geholfen hatte es freilich nichts. Nun, der Grad der Betroffenheit würde wohl von der Beliebtheit von Mrs Heart und Mr Gibbs abhängen.

Sein Handy vibrierte in seiner Hosentasche. Er sah auf dem Display die Nummer des Labors. Das ging ja fix! Allerdings nicht schnell genug für Mrs Heart, wie er dann doch einräumen musste. Er hob ab, meldete sich und lauschte. Nachdem er sich bedankt und aufgelegt hatte, weihte er seine beiden Begleiter ein.

„Das Gift heißt Abrin und ist hoch toxisch. Es hätte dem zweiten Opfer also wahrscheinlich gar nicht mehr geholfen werden können. Abrin kommt nur in der sogenannten Paternostererbse – oder auch Paternosterbohne – vor. Gibbs' Milch im Kühlschrank war aber in Ordnung. Es gab schon häufiger Unfälle mit dem Zeug, weil Touristen auf Basaren in Afrika, unter anderem Tunesien, Pfeffermischungen gekauft haben, in denen diese roten Früchte enthalten waren. Lassen Sie uns mal einen Blick auf die Pfeffermühle am Lehrertisch werfen!"

Sie verließen das Büro und gaben der Sekretärin Bescheid, dass sie schon einmal in den Speisesaal vorgehen würden. Im Erdgeschoss angekommen, betraten sie den Raum. Um den runden Tisch herum saßen bereits die meisten Lehrkräfte, mit Ausnahme von Mrs Curtis und Mr Jones – und natürlich den beiden Toten. MacGregor stellte sich und die beiden anderen Beamten kurz vor und zog dann, ohne eine Erklärung abzugeben, einen Einweghandschuh an. Dann beugte er sich zur Tischmitte hin und ergriff den Gewürzständer, der neben dem Pfeffer auch das Salz beinhaltete. Es handelte sich tatsächlich um bunten Pfeffer, also weißen und schwarzen Pfeffer und kleine rote Kügelchen. Pat hatte schon einen Beweismittelbeutel aus ihrer Tasche genommen und hielt diesen dem Inspector so hin, dass er den Ständer hineinstecken konnte. Die Lehrer sahen dem Prozedere schweigend, jedoch vollkommen erstaunt, zu. Es war allerdings nur eine Frage der Zeit gewesen, ehe sich einer ein Herz nahm und die Aktion hinterfragte.

„Stimmt etwa etwas mit den Gewürzen nicht, Inspector?", fragte Mr Fury mit bekannt nasaler Stimme. Anscheinend traute er sich als erster zu fragen, weil er die Beamten bereits ein bisschen länger als die anderen kannte.

„Das müssen wir erst herausfinden, Mr Fury", antwortete MacGregor ausweichend, fuhr dann jedoch gleich fort, „Hat jemand von Ihnen heute davon genommen? Also genauer gesagt: vom Pfeffer?" Er blickte eingehend in die Runde und auch Sergeant Taylor beobachtete die Anwesenden genau.

„Ich habe heute Morgen meine Rühreier nachgewürzt, wie ich das jeden Tag beim Frühstück mache", gab sogleich eine etwa vierzigjährige Lehrerin zu.

Mehrere Personen begannen nun gleichzeitig aufgeregt zu sprechen. Es hatten wohl viele nachgewürzt und bangten nun um ihr Leben. Ein Mann sprang sogar so heftig von seinem Stuhl auf, dass dieser umfiel und auf den Fliesenboden krachte. Er nestelte an seiner Krawatte und hatte ein hochrotes Gesicht bekommen.

Alarmiert betrachtete der Inspector den Mann, als dieser panisch schrie: „Rosemary ist erst einige Zeit nach Ernest gestorben! Heißt das, dass jetzt alle, die den Pfeffer gebraucht haben, dem Tode geweiht sind?" Er begann zu röcheln, aus seinem kurz zuvor noch puterroten Gesicht war jegliche Farbe entwichen. Er verdrehte die Augen, sodass nur noch das Weiße darin zu sehen war. Der Mann taumelte und fiel vornüber auf die Tischplatte.

„Rufen Sie einen Krankenwagen, schnell!", wies der Inspector seinen Constable an. Der Sergeant beugte sich bereits über den bewusstlosen Mann und versuchte seinen Puls zu fühlen. Nach kurzer Zeit hatte Pat diesen gefunden und nickte ihrem Chef entwarnend zu.

Hatte der Mann sich derart in die Möglichkeit, vergiftet worden zu sein, hineingesteigert, dass er das Bewusstsein verloren hatte oder war er tatsächlich vergiftet worden? MacGregor war kein Arzt, aber die anderen beiden Opfer hatten sich erbrochen. Dieser Lehrer war mehr oder weniger einfach zusammengebrochen.

„Machen Sie mal Platz und einer soll die Schwester holen", ein etwa 1,90 Meter großer, drahtiger Mann im Trainingsanzug war zu den Beamten getreten und übernahm wie selbstverständlich das Ruder. Er wirkte ziemlich selbstgefällig, wusste jedoch, was er tat. Er schob die Beine des Mannes auf den Tisch, sodass nun der ganze Körper wie auf einer Liege positioniert war. Dann beugte er sich über dessen Gesicht, um zu sehen, ob der Ohnmächtige atmete. Nun fühlte er ebenfalls den Puls und sah dabei auf seine Armbanduhr. „Soweit alles in Ordnung würde ich sagen. Ich bringe ihn nur noch in die stabile Seitenlage", was er umgehend in Angriff nahm. Mr Fury war hilfsbereit herbeigeeilt und hatte für seine sonstige Veranlagung recht zügig mit angepackt. Pat war dabei der bewundernde, beinahe schon ehrfürchtige Seitenblick, den der jüngere Lehrer dem älteren zuwarf, nicht entgangen. *Was zum Teufel hatte das nun wieder zu bedeuten?*

Keine zwei Minuten später kam die hauseigene Krankenschwester mit einer Tasche im Arm herbeigeeilt. Aus ihrem Pferdeschwanz hatten sich noch mehr rote Locken gelöst. „Um Himmels willen. Was ist denn passiert?", rief sie atemlos, wartete jedoch keine Antwort ab und stürzte sich förmlich auf ihren Patienten.

Viele der anderen Lehrer sagten nichts und schauten ihr schockiert zu, wie sie den Mann ein weiteres Mal einer Untersuchung unterzog, manche flüsterten betreten mit ihrem Nachbarn. Der Inspector und sein Constable standen wortlos dabei. Hoffentlich kam bald der Krankenwagen. MacGregor plagte das schlechte Gewissen. Die Sache hätte er verdammt nochmal ganz anders anpacken müssen!

Pat folgte währenddessen einer Eingebung und suchte den Raum auf, der vom Hauspersonal für die Einnahme der Mahlzeiten genutzt wurde. Wie erwartet fand sie dort, nachdem das Geschirr, das man zum Lunch benutzt hatte, gespült war, das Küchenpersonal vor, das eine Pause machte.

* * *

Der Bewusstlose war abtransportiert worden und der Inspector bat die Lehrer, sich wieder zu setzen. Sie waren nun vollzählig, da sich mittlerweile auch eine sichtlich mitgenommene Internatsleiterin und ein zutiefst erschrockener Schulleiter, beide waren kurz vor ihrem Eintreffen über den Kollaps von Mr Quinn durch die Krankenschwester unterrichtet worden, zu ihnen gesellt hatten.

MacGregor räusperte sich, ehe er in versöhnlichem Tonfall zu sprechen begann. „Wir müssen den Pfeffer erst untersuchen lassen, ehe wir etwas mit Bestimmtheit sagen können …"

Pat kam hereingeschneit, MacGregor hatte ihren Weggang gar nicht bemerkt und deutete auf sich selbst.

Scheinbar hatte sie etwas Wichtiges mitzuteilen. Er nickte und überließ ihr das Wort.

Sie trat an seine Seite und schaute ihre Zuhörer beruhigend an. „Ich habe eben mit der Köchin Mrs Pitt gesprochen. Es ist äußerst unwahrscheinlich, dass der Pfeffer vergiftet ist. Sie bestellt ihn immer gleich in größerer Menge, da er dann billiger ist und eine Küchenhilfe füllt die Mühlen bei Bedarf auf. Es steht also nicht immer die gleiche Mühle auf dem gleichen Tisch. Wenn hier jemand mit Vorsatz vorgegangen ist, wäre es ziemlich riskant gewesen, das Gift unter den Pfeffer zu mischen. Und dass die giftige Substanz durch ein Versehen beim Produzenten in die Mischung gelangt ist, ist auszuschließen, da der Pfeffersack beinahe zu zwei Dritteln geleert ist und es dann schon viel früher zu Vergiftungen hätte kommen müssen."

Ein kollektives, erleichtertes Seufzen war im Saal zu vernehmen.

„Und um welches Gift handelt es sich eigentlich?", wollte der Lehrer für Naturwissenschaften, Mr Bertram, wissen.

„Um Abrin", erläuterte der Inspector einsilbig und ein wenig patzig. Er wusste nicht recht, ob er es für gut befinden sollte, dass sein Sergeant derart vorgeprescht war. Sicherlich, Taylor hatte eine gute Idee gehabt und wollte die Befürchtungen bei den Betroffenen zerstreuen und ihre Gemüter beruhigen, doch sie hatte seiner Meinung nach ein wenig zu viel verraten.

„Ah, ich verstehe", ließ sich nun Mr Bertram erneut vernehmen. „Pater Noster."

„Willst du jetzt das Beten anfangen, Walt? Ich dachte, du bist aus der Kirche ausgetreten", wunderte sich Angela Forbes, die mit dem Kollegen auf gutem Fuß stand.

„Nein, so heißt die Erbse, die Abrin enthält, Angie. Ist ziemlich giftig. Sie ist feuerrot und hat einen schwarzen Fleck, oval, etwa so groß wie die Fingerkuppe deines kleinen Fingers."

„Ach herrjeh!", rief Penelope Booth aus.

„Was hast du denn, Penny?", fragte ihre Kollegin Jane Roberts.

„Na, meine Perlen! Und ich dachte noch, was für ein fieser Streich! Aber dann war es wohl gar kein Streich! Ich hatte ja keine Ahnung, dass die giftig sind. Ich habe sie im Urlaub auf Sri Lanka gekauft. Waren spottbillig, sahen aber wunderschön aus. Ich habe die Kette wirklich gerne getragen. Unser Reiseführer hat mir noch erklärt, dass die Bohnen einst dazu verwendet worden sind, das Gewicht des Koh-i-noor-Diamanten zu ermitteln."

„Von welchem Streich sprechen Sie, Ma'am?", fragte der Inspector ein wenig schärfer als beabsichtigt.

„Nun, Sie müssen wissen, ich bin Sportlehrerin. Ich habe die Kette in meiner Umkleide abgelegt und wohl vergessen, die Tür abzusperren. Als ich sie nach dem Unterricht wieder anlegen wollte, war sie in mehrere Teile zerschnitten. Ich dachte mir, dass einer der Schüler dafür verantwortlich ist", meinte sie beinahe entschuldigend.

„Und wann war das?", hakte MacGregor nach.

„Also heute ist Donnerstag", überlegte die Frau,

„dann muss es am Dienstag gewesen sein. Beim Nachmittagssport, zwischen 14 und 16 Uhr."

„Haben Sie die Kette noch?", drängte er.

„Aber natürlich! Ich habe sie zusammengeflickt. Sie ist zwar jetzt ein wenig kürzer, aber das ist ja nicht so schlimm. Schön ist sie immer noch!" Dabei blickte sie in die entsetzten Gesichter ihrer Kollegen und korrigierte sich hüstelnd. „Ich meine, sie war schön. Ich gehe sie holen, ich habe sie in meinem Spind." Sie erhob sich demütig wie eine Paria.

MacGregor schickte ihr Currington mit, der die Kette gleich eintüten sollte. Er selbst wollte seine Füße schonen. Nachdem die Frau das Schmuckstück repariert hatte, war es wahrscheinlich ohnehin mit ihren Fingerabdrücken übersät. Aber dennoch: Vielleicht hatten sie Glück und der Täter hatte keine Handschuhe getragen und es fand sich auf irgendeiner verdammten Erbse oder Bohne zumindest noch ein Teilabdruck von ihm.

Pat hatte einstweilen ihr Smartphone aus der Tasche gezogen und eine schnelle Online-Suche durchgeführt. Man konnte diese Ketten, die unter Naturschmuck liefen, sogar ganz einfach im Internet bei diversen Anbietern bestellen. Sie importierten diese nicht nur aus Asien, sondern unter anderem auch aus Südamerika. Außerdem konnte nur ein Gramm Abrin 1,5 Millionen Menschen töten. Penelope Booth hatte eine Massenvernichtungswaffe um den Hals getragen, die man sich einfach per Mausklick für nur ein paar Pfund frei Haus liefern lassen konnte!

VI

Wie Mrs Booth schätzte, war die Kette in etwa zwei Zoll kürzer als zuvor. Das waren mindestens zehn Bohnen! Pat hoffte inständig, dass der Mörder auf Nummer Sicher gegangen war und sämtliche Samen aus den Früchten geholt und unter die Marmelade gemengt hatte und er nicht noch irgendwo den Vorrat für einen Genozid hortete. Aber dass das Abrin in der Marmelade war, war ja auch nicht sicher, erinnerte sie sich.

Die Beamten saßen am runden Lehrertisch und Currington holte nacheinander die Lehrer, die sie nach draußen in die Halle geschickt hatten, zur Befragung herein. MacGregor hätte die Internatsleiterin und den Schulleiter, also die beiden Personen, die er als erste vernehmen wollte, auch in deren jeweiligen Büros befragen können, doch er hatte sich bewusst dagegen entschieden. Sie waren zum momentanen Zeitpunkt genauso verdächtig wie alle anderen und er wollte gegenüber den anderen Zeugen den Eindruck erwecken, dass in dieser Ermittlung Amt und Würden, oder vielmehr eine Stellung oder ein Dienstrang, keinerlei Rolle spielten und er jeder Aussage den gleichen Stellenwert beimaß. Wenn also jemand etwas für sie Interessantes über die Internats- und oder Schulleitung wusste, signalisierte er damit, dass Curtis und Jones keine Sonderstellung innehatten und baute darauf, dadurch mehr von den Lehrern zu erfahren.

Als Mrs Curtis Platz genommen hatte, kam der Inspector gleich zur Sache. Aus dem anderen Nachrichtenverkehr zwischen den beiden Toten, der nicht unbedingt umfangreich war, hatte man nicht herauslesen können, ob sie lediglich gut befreundet oder liiert gewesen waren. Kosenamen und dergleichen waren nicht verwendet worden.

„Können Sie sich vorstellen, Ma'am, warum jemand ausgerechnet diese beiden Lehrer umbringen wollte? Ich meine, hatten Mrs Heart und Mr Gibbs irgendetwas gemeinsam?"

Die Internatsleiterin errötete ein wenig und räusperte sich, ehe sie antwortete. Scheinbar wollte sie Zeit gewinnen. „Nun ja, ich möchte es mal so formulieren, Inspector, Rosemary war seit etwa fünf Jahren Witwe und Ernest meines Wissens zeitlebens unverheiratet. Sie scheinen sich in den letzten, ich würde sagen zwei, drei Jahren ein wenig nähergekommen zu sein. Aber ob sie tatsächlich ein Paar oder nur sehr gut befreundet waren, entzieht sich meiner Kenntnis, und ich möchte darüber auch in keinerlei Weise spekulieren. Tut mir leid." Sie sah MacGregor offen ins Gesicht.

Mehr würde er in dieser Hinsicht wohl nicht aus ihr herausbekommen, dachte er. Das machte jedoch nichts, vielleicht war jemand anders aus dem Kollegium hinsichtlich romantischem Tratsch ein wenig redseliger. Das würde sich im weiteren Verlauf der Befragungen noch zeigen. Auf alle Fälle hatten sie hier schon einmal einen Punkt, an dem sie ansetzen konnten. „Und in beruflicher Hinsicht, gab es da auch eine Schnittmenge? Ich meine, die Fächerverbindungen sind ja nicht unbedingt ähnlich, aber vielleicht gibt es ja Projekte oder Ähnliches, an denen die beiden Personen beteiligt waren."

Mrs Curtis nickte mehrmals. „Tatsächlich, da haben Sie durchaus recht, Inspector. Hillside ist eine kleine Schule. Wir haben im Verhältnis zur Schülerzahl zwar durchaus einen angemessenen Schlüssel für das Lehrpersonal, aber insgesamt sind es", sie unterbrach sich ein wenig stotternd, „i… ich … nun … ich meine *waren* es nur 15 Lehrkräfte. Da an einer Schule neben dem Unterricht noch zahlreiche weitere Aufgaben anfallen, müssen die Pädagogen natürlich diverse weitere Funktionen und dergleichen innehaben beziehungsweise weiteren Pflichten nachkommen. Lassen Sie mich kurz überlegen, in welchen Gremien und Ausschüssen Rosemary und Ernest gleichermaßen vertreten waren." Sie lehnte sich in ihrem Stuhl zurück und fuhr etwa eine Minute später fort. „Ich kann später noch in meinem Computer nachsehen, ob ich etwas vergessen habe, aber ich glaube nicht." Sie blickte MacGregor fragend an und dieser nickte ihr aufmunternd zu. „Also, da wäre zunächst der Kassenprüfungsausschuss zu nennen. Natürlich müssen die Ausgaben und Einkünfte der Schule nachgeprüft werden. Außerdem waren die beiden noch in dem Gremium, das die Stipendiaten auswählt und nun ja, zu guter Letzt erledigten sie noch eine ziemlich leidige Angelegenheit." Mrs Curtis stockte. Sie wusste anscheinend nicht recht, wie sie das, was sie jetzt einräumen musste, am besten verpackte. „Wie sie wohl schon bemerkt haben, ist Hillside eine alte Schule. Und wir haben hier, wie viele langjährige Einrichtungen im ganzen Königreich, und nicht nur hier, auch in Europa schlagen die Wellen immer höher", sie hielt kurz inne, um erneut Mut zu fassen, „mit Missbrauchsfällen in der Vergangenheit zu kämpfen. Es handelt sich dabei ausschließlich um ehemalige männliche Schüler, da das Internat früher natürlich noch keinen koedukativen Unterricht angeboten hat und die Tore von Hillside nur Jungen offenstanden. Rosemary Heart war Beratungslehrerin und Ernest Gibbs unser Schulpsychologe. Die beiden waren sozusagen die Anlaufstelle für frühere Opfer, die nun Gerechtigkeit einfordern. Und bitte verstehen Sie mich nicht falsch. Das ist natürlich gut so! Auch altes Unrecht muss geahndet werden. Es hilft nichts, den Kopf in den Sand zu stecken! Allerdings wird es meist nicht mehr von den Tätern gesühnt, da ein Großteil mittlerweile nicht mehr lebt oder schuldunfähig ist. Wir, das gegenwärtige College, leidet unter der Schande der Vergangenheit und wir müssen um unseren Ruf kämpfen. Allerdings gehen wir in der Öffentlichkeit sehr offen mit diesem Thema um. Auf unserer Website finden Sie eine Stellungnahme, in der wir uns direkt an ehemalige Opfer wenden, uns entschuldigen und ihnen Hilfe anbieten. Natürlich kommt es dann und wann zu Gerichtsverhandlungen und unsere Stiftung finanziert die Entschädigungszahlungen. Sie sehen also, wir drücken uns nicht vor der Verantwortung und wenn sich jemand an Rosemary oder Ernest gewandt hat, dann hat er auch Hilfe bekommen."

Pat, die die Aussagen protokollierte, hatte neben dem Eintrag „Auswahl Stipendiaten" den Vermerk „Mörder Ahoi!" notiert.

MacGregor war hingegen am Ende der Darstellung hellhörig geworden. „Haben Sie eine Übersicht über die Opfer, die sich bei den beiden Lehrkräften gemeldet haben?"

Die Internatsleiterin schüttelte den Kopf. „Ich kann Ihnen nur eine Liste derer Personen geben, die aus dem Fond entschädigt worden sind."

Der Inspector nickte. „Der Constable begleitet Sie dann hinauf, dann können Sie ihm die Liste aushändigen. Gibt es auch eine Übersicht über die Aufgabenverteilung?"

Mrs Curtis nickte ergeben. „Ja, auch diese werde ich ausdrucken und dem Constable mitgeben."

Es war zwar unwahrscheinlich, dass jemand, dem die beiden zu einer pekuniären Entschädigung verholfen hatten, einen Doppelmord beging, doch vielleicht war der Täter mit der Summe nicht einverstanden gewesen. Außerdem hoffte MacGregor darauf, dass sie auf Rosemary Hearts Tablet oder in Ernest Gibbs Laptop eine vollständige Liste der Missbrauchsopfer finden würden. Eine letzte Frage hatte er noch an Mrs Curtis: „Haben Sie hier eine dieser modernen Schließanlagen, bei denen die Schlüssel der Lehrkräfte so kodiert sind, dass sie nur zu bestimmten Räumen Zugang haben?"

„Nein, Inspector. Bis jetzt haben wir noch keine Notwendigkeit gesehen, diese teure Anschaffung zu tätigen. Bei uns wurde noch nie eingebrochen und innerhalb unserer Mauern verschwindet natürlich dann und wann etwas, wie überall anders auch, aber meist taucht es wieder auf. Und etwas wirklich Wertvolles ist hier, seit ich das Internat leite, noch nie abhandengekommen."

Gut, dann hatte Mrs Booth möglicherweise gar nicht vergessen, ihre Umkleidekabine abzuschließen!, sann MacGregor nach, während sich Mrs Curtis erhob und begleitet von Currington den Speisesaal verließ.

„Kennen Sie den Miss-Marple-Film ‚Mörder Ahoi!', Chef?", fragte Pat ihn, nachdem die beiden draußen waren.

„Den alten Schwarz-Weiß-Streifen mit Margret Rutherford?" Er wartete die Antwort des Sergeants gar nicht erst ab. „Ja, den kenne ich. Warum?"

„Nun ja, da geht es um …"

Weiter kam sie nicht, denn der Constable hatte ja die Anweisung erhalten, den nächsten Zeugen ins Zimmer zu bitten und der Schulleiter Mr Jones nahm den beiden Beamten gegenüber Platz. Er wirkte ziemlich mitgenommen und gab dies auch gleich offen zu.

„So einen Vormittag möchte ich kein zweites Mal durchleben müssen! Die arme Rosemary! Der arme Ernest! Und die Kinder sind auch alle durch den Wind. Ganz zu schweigen von uns Lehrern und dem anderen Personal. Wenigstens hat sich Jonas Quinn wieder einigermaßen erholt. Ich habe gerade einen Anruf aus dem Hospital erhalten. Er hatte wohl nur einen Schock. In seinem Blut konnten sie nichts Auffälliges finden. Ich werde später mal rüberfahren und nach ihm sehen. Zuerst muss ich mich aber noch mit dem Kriseninterventionsteam absprechen. Sie wollen uns die nächsten beiden Tage auch noch begleiten. Gott sei Dank! Ich wüsste nicht, was ich ohne sie täte. Schließlich war ja Ernest unser Schulpsychologe und Rosemary unsere Beratungslehrerin!" Er wrang die Hände und schaute noch niedergeschlagener als zuvor drein.

„Können Sie uns etwas über die Beziehung von Mrs Heart und Mr Gibbs sagen?", eröffnete MacGregor, der bis jetzt geduldig gelauscht hatte, die Befragung.

„Was meinen Sie mit Beziehung? Sie haben sich sehr gut verstanden, das schon. Aber *Beziehung?*"

Der Mann schien ehrlich erstaunt, weswegen der Inspector nicht insistierte und an einem anderen Punkt anknüpfte.

„Wie Sie uns eben ja bestätigt haben, waren die beiden für die seelische Betreuung im Haus zuständig. Mrs Curtis hat uns erläutert, dass sie sozusagen das Tandem bildeten, das ehemaligen Missbrauchsopfern von Hillside als Ansprechpartner zur Verfügung stand. Haben Sie in letzter Zeit dahingehend irgendetwas mitbekommen, das, sagen wir, nicht *alltäglich* war, wenn dieses Adjektiv in diesem Zusammenhang überhaupt gebraucht werden darf?"

MacGregor hatte nicht recht gewusst, wie er es anders formulieren sollte, doch der Schulleiter war glücklicherweise nicht zimperlich. Wahrscheinlich musste er von Schülerseite häufig viel gröbere sprachliche Patzer vernehmen.

„Das kann ich Ihnen nicht so ohne weiteres beantworten", räumte er ein. „Sie müssen verstehen, dass ich damit nicht sonderlich viel zu tun habe. Das sind eher Eileens Angelegenheiten, wenngleich wir natürlich am gleichen Strang ziehen und versuchen, dass der Ruf von Hillside so wenig Schaden wie möglich nimmt. Ich kann mich vage an einen Rechtsstreit erinnern, den Rosemary kürzlich mir und noch einem anderen Kollegen gegenüber im Lehrerzimmer erwähnt hat. Da ging es um einen vor Jahrzehnten begangenen Suizid eines Schülers. Er muss sich hier im Keller erhängt haben. An seinen Namen kann ich mich leider nicht mehr erinnern."

„Wer war denn der andere an der Unterhaltung beteiligte Kollege?"

„Das war Adam Singh, Inspector. Aber wie gesagt, mehr bekomme ich davon nicht mehr zusammen. Um ehrlich zu sein, bringt mich dieser Tag heute doch an meine nervlichen Grenzen. Noch dazu, da man ja in einer Führungsposition immer als Vorbild dienen und als Stütze auftreten soll. Gott, was bin ich froh, wenn dieser Tag sich neigt, ich mir eine Flasche Wein aufmachen und die Füße hochlegen kann!"

„Nur noch eine letzte Frage, Mr Jones. Wer von den Lehrern, die nicht im Hause wohnen, frühstückt denn hier?", wollte Pat noch wissen.

„Na, wenn's weiter nichts ist. Meistens alle. Wären ja schließlich dumm, so ein kostenloses Büfett auszulassen! Aber Sie zielen wahrscheinlich auf gestern Morgen ab. Da waren wir mit Sicherheit alle am Tisch, weil wir unsere Tippscheine gemeinsam ausgefüllt haben. Wir haben nämlich eine Gemeinschaftskasse."

Der Mann war außergewöhnlich aufrichtig, um nicht zu sagen extrovertiert, gewesen, wie Pat Taylor fand. Sie äußerte sich dahingehend, nachdem er das Zimmer verlassen hatte, gegenüber ihrem Vorgesetzten.

„Da haben Sie recht, Taylor. Er hat wirklich frei von der Leber weg gesprochen. Es ist selten, dass jemand in so einer Position so offen und ehrlich über die eigenen Schwächen spricht. Und das auch noch gegenüber der Polizei. Aber ich dachte mir schon, dass er kein konventioneller Schulleiter ist, seit er geflucht hat wie ein Bierkutscher."

Er grinste seinen Sergeant an, und Pat lächelte zurück. Sowohl er als auch sie wussten, dass MacGregor auch nicht dem klassischen Klischee eines Polizeibeamten mit höherem Dienstrang entsprach.

VII

Currington hatte den Kopf zur Flügeltür des Speisesaals hereingesteckt und gefragt, wen er als nächstes hereinbitten sollte. Als er nach Adam Singh am Lehrertisch Platz genommen hatte, schob er seinem Chef eine kleine Aktenmappe über den Tisch. Mrs Curtis hatte es wohl aus Datenschutzgründen für besser gehalten, die Liste der Missbrauchsopfer unter einem Pappkarton zu verbergen. Der Ausdruck über die Aufgabenverteilung des Lehrerkollegiums lag jedoch sichtbar obenauf. Sie hatte ihn unter das Gummiband geheftet, das den Ordner zusammenhielt. Der Inspector zog es heraus und legte das Blatt neben die Lehrerliste mit den Fächerverbindungen vor sich auf die Tischplatte.

Adam Singh unterrichtete Mathematik und Naturwissenschaften. Er war Fachbereichsleiter für Mathematik, war für die Erstellung des Stundenplans zuständig und ständiges Mitglied im Kassenprüfungsausschuss. Er hatte mit letzterer Aufgabe also an der Seite der beiden Verstorbenen gewirkt. MacGregor überflog die Aufgabenverteilung und stellte fest, dass die drei Personen die einzigen waren, die in diesem Gremium saßen.

„Nun, Mr Singh. Wie gut kannten Sie die beiden

Opfer?", eröffnete der Inspector die Fragerunde bewusst so vage wie möglich. Der Lehrer war groß und hager. MacGregor schätzte ihn auf Mitte, Ende der Fünfziger. Zudem hatte der Mann einen gelblichen Teint und leicht exotische Gesichtszüge. Dies und sein Nachname ließen die Beamten darauf schließen, dass er wohl zumindest zum Teil indischer Abstammung war. Mr Singh hatte beinahe eine Glatze. Letztere versuchte er jedoch durch einen langen, graumelierten Schopf Haare, den er seitlich über den Kopf geklatscht hatte, zu kaschieren.

Pat fand dies befremdlich, doch in ihrer Generation waren Glatzen kein Zeichen des Alterns, viele fanden sie sogar schick. Damit meinte sie natürlich nicht Skinheads. Einige junge Männer aus ihrem Bekanntenkreis hatten sich dann und wann schon einmal die Haare abrasiert. Wenn sie eine schöne Kopfform hatten, sah dies auch gut aus und manch einem hatte die Glatze gestanden.

„Na, wie man sich im Kollegium eben so kennt. Rosemary eigentlich nicht so gut. Wir kamen miteinander aus, hatten jedoch wenige Berührungspunkte. Mit Ernest hat mich mehr verbunden. Wir unterrichteten beide das gleiche Fach und abends haben wir öfter mal miteinander Schach gespielt."

Pat schielte auf die Lehrerliste. Vor Mr Singhs Namen war auch ein Kreuz, demnach wohnte er ebenfalls im Internat.

„Unseren Unterlagen zufolge saßen Sie gemeinsam mit den beiden im Kassenprüfungsausschuss. Wäre es da nicht angebracht zu sagen, dass Sie Mrs Heart doch besser kannten?"

Der Angesprochene verschränkte unwillkürlich wie zur Abwehr die Arme vor seiner Brust. „Ich weiß nicht, worauf Sie hinauswollen, Inspector, aber ich kannte Rosemary tatsächlich nur oberflächlich. Jeder von uns hat einen Teil der Ein- und Ausgänge überprüft und am Ende eines jeweiligen Terms haben wir uns zusammengesetzt und die Bilanz erstellt. Das ist keine Mammutaufgabe, bei der man sich fünf Mal die Woche trifft. Sicher, es ist schon zusätzlicher Aufwand, aber an der Ausarbeitung des Stundenplans sitze ich ebenfalls drei Mal in jedem Schuljahr, und zwar deutlich länger."

„Können Sie uns sagen, ob sich Ernest Gibbs und Rosemary Heart persönlich näherstanden? Ich meine, dass sie mehr als nur gute Kollegen waren?"

Der Mann reckte das Kinn vor. Scheinbar witterte er hier keine Gefahr. „Ich weiß nichts, das dafür und nichts, das dagegenspricht. Die einzigen Damen, über die ich mich mit Ern unterhalten habe, waren weiß oder schwarz und aus Holz."

MacGregor ließ diese Bemerkung so stehen. „Wir haben eben von Mr Jones erfahren, dass Mrs Heart Ihnen und ihm gegenüber von einem Suizid eines Schülers, der Jahrzehnte zurücklag, berichtet hatte."

Der Mann nickte derart heftig, dass die Haarsträhne, die die Glatze überdecken sollte, nach vorne und ihm über die Augen rutschte. Peinlich berührt klatschte er sie schnell zurück an Ort und Stelle. Er hatte die Bewegung derart routiniert und geschickt vollzogen, dass Pat davon ausging, dass er diese Geste mehrmals am Tag machte. Sie konnte sich ziemlich gut vorstellen, was die Schüler von Hillside beim Pantomime-Spiel „Welcher Lehrer bin ich?" darboten, wenn sie Mr Singh nonverbal darstellen sollten.

„Ja, sicher. Das alles ist ein ziemlicher Schlamassel und es fällt alles auf uns zurück, obwohl wir gar nichts damit zu tun haben! War natürlich vor meiner Zeit hier, eigentlich vor *aller* Zeit hier! Aber Genaueres kann Ihnen vielleicht noch der alte MacLeod sagen. Er müsste damals schon in Hillside gewesen sein. War da allerdings wohl selbst noch ziemlich jung."

„Und wer ist dieser Mr MacLeod?", wollte der Inspector wissen.

„Er war hier Mathematiklehrer. Ich habe gehört, dass der Schulleiter ihn als Ersatz für Ernest wieder aus dem Ruhestand holen möchte, nur vorübergehend natürlich. Und der alte Mac hatte selbstredend nichts mit den Missbrauchsfällen am Hut. Aber wenn es um einen Selbstmord hier an der Schule geht, der sich zu der Zeit, als er hier unterrichtete, ereignet hat, wird er sich mit Sicherheit noch erinnern. Er ist zwar schon ziemlich alt, aber geistig noch voll da. Muss er ja, sonst würde ihn Mr Jones schwerlich zurückholen wollen."

Die weiteren Befragungen waren wenig ergiebig. Lediglich Jane Roberts, die enger mit Rosemary Heart befreundet gewesen war, räumte ein, dass Mrs Heart und Mr Gibbs seit etwa eineinhalb Jahren eine Beziehung miteinander hatten, dies jedoch nicht an die große Glocke hatten hängen wollen.

MacGregor beschloss, für heute die Zelte in Hillside abzubrechen und ins Dorf zur Familie von Mrs Heart zu fahren, ehe sie auf der Wache den Rest des Tagwerkes vollbrachten.

* * *

„Was heulst du denn so, Kindchen? Schließlich kannten wir die Frau ja kaum!"

Die Gescholtene blickte aus ihrem Taschentuch auf und wischte sich die stummen Tränen aus den Augen. Die drei Beamten saßen in einer gemütlichen Essküche in einem kleinen Cottage und die Tochter von Mrs Heart, die ihrer Mutter sehr ähnlichsah, außer natürlich, dass sie etwa dreißig Jahre jünger war, und die Mutter der Verstorbenen saßen mit ihnen am Esstisch. Mrs Barrymoore, die verwitwete Mutter der Toten, war dement. Anscheinend verwechselte sie ihre Tochter mit der Enkelin.

„Ach, Grandma!", schluchzte Miss Heart. „Deine Tochter ist gestorben! Das habe ich dir doch heute bereits mehrmals erklärt!" Die junge Frau schien am Rande eines Nervenzusammenbruchs zu sein.

„Papperlapapp! Für meine Begriffe siehst du quicklebendig aus, meine Liebe! Und ich weiß überhaupt nicht, wer da eigentlich gestorben sein soll. Ihr jungen Leute regt euch über alles viel zu schnell auf! Überhaupt nicht mehr belastbar!"

Das war zu viel für die junge Frau, die anscheinend aufrichtig um ihre Mutter trauerte. Sie brach schluchzend auf der Tischplatte zusammen. Vielleicht war es besser für die alte Mrs Barrymoore, dass sie durch ihre Krankheit den Verlust der eigenen Tochter nicht erkannte, doch Miss Heart brauchte dringend Hilfe, wie Pat fand.

„Haben Sie Verwandte oder gute Freunde, die in der Nähe wohnen und die wir informieren können? Ich denke, Sie könnten hier ein wenig Hilfe gebrauchen", fragte der Sergeant das heulende Elend behutsam, doch diese schüttelte lediglich den Kopf. „Dann sagen Sie mir bitte, wie Ihr Hausarzt heißt." Pat blieb beharrlich.

„Dr. Wright", war zwischen zwei herzzerreißenden Aufschluchzern vernehmbar.

Pat holte ihr Handy aus der Tasche und suchte die Nummer des Mediziners im Internet heraus, ehe sie in den Flur hinausging und wählte. MacGregor hatte den Wasserkocher eingeschaltet. Er würde der armen Frau einen starken Tee machen. Vielleicht fand er ja noch irgendwo einen Schluck Whisky oder Brandy. Er öffnete die Küchenschränke und wies Currington an, ihm bei der Suche zur Hand zu gehen und im angrenzenden Wohnzimmer nach einer Hausbar zu suchen.

„Was erlauben Sie sich eigentlich, junger Mann!", keifte die alte Frau, als sie bemerkte, dass der Inspector die Küche durchsuchte. Für eine Person ihres Semesters sprang sie beinahe behände von ihrem Stuhl auf und lief aus der Küche in den Flur. Dort schubste die verblüffte Pat beiseite und riss die Haustür auf, während sie lautstark „Zu Hilfe! Polizei! Raub!" schrie. Das Cottage hatte nur einen rückwärtigen Garten, sodass sie Haustür direkt auf die Dorfstraße hinausging. Der Inspector, der nicht wusste, wie ihm geschah, hatte eine Schrecksekunde gebraucht, bis er reagiert hatte und war ihr dann hinterhergespurtet. Er erblickte sie auf der Straße, als die Alte wild gestikulierend einen Traktorfahrer, anhielt. Da das Gefährt keine Kabine hatte, war der Landwirt kurzerhand zu ihr hinabgesprungen, nachdem er den Motor abgestellt hatte.

„Wo drückt der Schuh, Mrs B.?"

„Hiiilfe Polizei! Dieeebe!", schrie die Greisin aus voller Kehle, als sich MacGregor, seinen Dienstausweis zeigend, zu ihnen gesellte. Allerdings humpelte er nun wieder. Die Redensart des Farmers hatte ihn an seine Schmerzen erinnert. Nun kamen auch Currington und Taylor aus dem Haus gelaufen. Da der Constable uniformiert war, verflogen alle Zweifel des Retters in der Not und er wandte sich an seine Nachbarin. „Aber Mrs B., die Polizei ist doch schon da!"

„Nennen Sie mich nicht so! Das gehört sich nicht! Wer sind Sie überhaupt, mich auf offener Straße einfach so despektierlich anzusprechen!", herrschte sie den verdutzten Mann an, um dann abrupt kehrt zu machen und die Haustür krachend ins Schloss fallen zu lassen."

„Hab' das mit Rosemary schon gehört. Wirklich traurig. Aber ihre Mutter ist schon seit Jahren plemplem. Ich hab' ihr immer gesagt, sie soll sie in ein Heim geben. Aber sie wollte damit warten, bis Amy, also ihre Tochter, zu studieren begann und wegziehen würde. Jetzt kommt drei Mal täglich eine Pflegerin vorbei und sieht nach dem Rechten. Im Moment macht Amy noch eine Ausbildung als Fremdsprachenkorrespondentin. Rosemary hat ihr aber vorgerechnet, was sie damit verdient und was sie als Lehrerin verdienen würde. Amy ist ein vernünftiges Mädchen. Sie hat sich überzeugen lassen. Aber jetzt ist sie alleine mit der alten Mrs B. Zu traurig das alles!"

„Dann darf ich also davon ausgehen, Mr …"

„Ward", parierte der Mann sogleich.

„… dass Sie das Opfer und dessen Familie gut kennen?"

„Aber natürlich, Sir. Ich bin sozusagen der Sandkastenfreund von Rosie gewesen. Wir waren zusammen in der Grundschule. Sie ist dann auf eine weiterführende Schule gegangen. Hatten aber immer ein gutes Verhältnis. Ihr Mann ist vor etwa fünf Jahren gestorben. Scheiß Krebs! Der war auch schwer in Ordnung. Und nun auch noch Rosemary! Mein Gott, die arme Amy!"

„Können Sie sich vorstellen, warum jemand ihre Freundin hätte töten wollen?"

Der Mann schüttelte den Kopf. „Nein, wenn es kein Versehen war, weiß ich auch nicht. Aber man hört ja heutzutage immer mehr von Bedrohungen von Lehrern in den Medien. Messerattacken und so was. Vielleicht war ja einer der Schüler nicht mutig genug, sie direkt anzugreifen und hat sie deswegen vergiftet. Und den Kollegen von ihr gleich mit. Muss wohl ein ziemlich schlechter Schüler sein, wenn er gleich zwei Lehrer, die verschiedene Fächer unterrichten, um die Ecke bringen wollte."

MacGregor überlegte, ob der Farmer sich an einem Witz versucht hatte, doch er machte eine absolut neutrale Miene. Anscheinend hatte er seine Erklärung ernst gemeint. Der Mann hatte natürlich recht. Die Gewalt an Schulen nahm in westlichen Industrieländern kontinuierlich zu. Aber würde ein Schüler wirklich wegen schlechter Zensuren so weit gehen, einen oder vielmehr zwei Lehrer zu töten?

Er konnte den Gedankengang nicht zu Ende bringen, da der Hausarzt der Hearts, respektive von Mrs Barrymoore, eingetroffen war. Er versprach Pat, der jungen Frau ein starkes Beruhigungsmittel zu geben und würde so lange bei ihr wachen, bis die Krankenschwester vom mobilen Pflegedienst, die er angefordert hatte, eintreffen würde. Die Pflegerin würde über Nacht bleiben und sich gut um die beiden Frauen kümmern, versicherte er den Polizisten zudem. Wie es danach weitergehen würde, würden sie sehen. Allerdings hielt es der Mediziner wie der Nachbar nun für angebracht, der alten Lady bald einen guten Platz in einem Seniorenheim zu besorgen. Dort würde man mit ihrer Demenz umzugehen wissen.

VIII

Currington hatten sie auf dem Rückweg gleich bei ihm zu Hause abgesetzt. Er hatte heute schon genug Überstunden gemacht und musste morgen gleich wieder zur Frühschicht. MacGregor wollte ebenfalls nach Hause. Es war mittlerweile sieben Uhr abends, er hatte Hunger und seine Füße schmerzten höllisch. Pat jedoch hatte noch vor, die Lehrerliste und die Übersicht des Hauspersonals durch den Computer laufen zu lassen, um etwaige Vorstrafen aufzudecken. Bei den Behörden in Italien und Frankreich würde sie allerdings erst morgen Vormittag anrufen. Um diese Zeit würde sie mit Sicherheit nichts mehr in Erfahrung bringen können, zumal es auf dem Kontinent schon acht Uhr war.

Nachdem sie die Namen ins Suchprogramm eingetippt hatte, machte sie sich eine Notiz. Die Akte zu dem Selbstmord des Schülers würden sie wohl im Archiv suchen müssen. Wenn der Fall schon so lange zurücklag, war er bestimmt nicht digitalisiert. Aber da wollte sie sich erst dahinterklemmen, wenn sie einen Namen hatten. Hoffentlich erinnerte sich der ehemalige Lehrer zumindest an den Nachnahmen des Jungen. Sonst würde die Recherche eine Sisyphusarbeit werden. Das Suchprogramm war durchgelaufen. Keiner der britischen Staatsbürger, die in Hillside arbeiteten, hatte eine

Vorstrafe. Es gab lediglich einige Knöllchen wegen Falschparkens oder geringfügiger Geschwindigkeitsübertretungen.

MacGregor, der beschlossen hatte, dass es kein guter Stil war, nach Hause zu fahren, während sein Sergeant noch arbeitete, setzte sich derweil an seinen Schreibtisch. Er fuhr das Tablet von Rosemary Heart hoch und gab ihr Passwort ein, das er von der laminierten Karte ablas. Es gab unzählige Ordner und Unterordner mit Dateien zu ihren Unterrichtsfächern Englisch, Geographie und Informatik. Ein Ordner hatte den Titel „privat". Er klickte ihn an. Das Übliche war zu lesen: Steuer, Versicherungen und so weiter. Er überflog die Seiten. Bezüglich der zusätzlichen Aufgaben, die die Verstorbene innehatte, konnte er nichts finden. Entweder wurde das auf einem Rechner in der Schule erledigt oder sogar noch analog. Das mussten sie morgen in Erfahrung bringen. Da fiel ihm noch etwas ein. Er stand auf und ging ins Großraumbüro hinaus, wo Pat gerade dabei war, ihre Sachen zusammenzupacken.

„Was haben Sie denn heute Nachmittag mit dem Film gehabt, Taylor?" MacGregor konnte sich vage erinnern, dass dort Jugendliche zu Einbrechern gemacht wurden. Aber dafür hatte er in Hillside keinerlei Anzeichen entdecken können. Oder verwechselte er da was?

„Ach so, ja. Das ist nur so eine Idee, die mir in den Sinn gekommen ist. Da geht es ja um eine Art Schulschiff und die Anzahl der Schüler, für die die Stiftung, der Miss Marple dort angehört, bezahlt, stimmt nicht mit der tatsächlichen Zahl überein. Ein Mitglied der Crew wirtschaftet also über Jahre hinweg in die eigene Tasche. Und da habe ich mir überlegt, dass in Hillside vielleicht mehr Stipendien vergeben werden, als es Stipendiaten gibt."

„Interessanter Gedanke, Sergeant! Wirklich interessant! Ich geh mal die Liste mit der Aufgabenverteilung holen. Mal sehen, wer noch in dem Gremium sitzt."

Pat lächelte ein wenig stolz auf sich selbst. Im Rahmen der Lobkultur Inspector MacGregors hatte sie gerade eine hohe Anerkennung ausgesprochen bekommen. Der Film hatte als einziger der vier, bei denen Margret Rutherford die Hauptrolle spielte, allerdings keine direkte Romanvorlage von Agatha Christie. Sie hatte das auf der Rückfahrt kurz im Internet recherchiert, weil sie sich das Buch zum Film eigentlich hatte bestellen wollen.

„Ah, Mr Quinn, der Hypochonder und Mr Gilbert, der Sportlehrer", las er vor, als er an den Schreibtisch des Sergeants zurückgekehrt war. „Gilbert werden wir uns morgen nochmal vornehmen, und hoffentlich ist dieser Quinn auch bald wieder vernehmungsfähig."

„Wenn die Theorie keine Früchte trägt, wäre es auch möglich, dass Unterschlagungen bei der Kassenprüfung aufgeflogen sind und die beiden, oder vielmehr nur Gibbs, da ein Stück vom Kuchen abhaben wollte", wandte sie noch ein. Denn bei ihrer Recherche zum Krimi war sie über den Titel „Fata Morgana" gestolpert, in dem der Heimleiter einer Einrichtung für die Resozialisierung junger Straftäter Stiftungsgelder veruntreut hatte.

„Gut, dann setzen wir eine weitere Befragung von Mr Singh mit auf unsere morgige To-Do-Liste", seufzte MacGregor, da diese nun schon ziemlich lang war. „Aber für heute machen wir Schluss!"

* * *

„Ich bin wieder da!", rief er, als er durch die Haustür in ihr Reiheneckhaus in den Flur eingetreten war.

„Hallo Schatz!", rief ihm seine Frau aus der Küche heraus zu.

„Hi Dad!", kam es zeitgleich von seiner Tochter Maeve, die im Wohnzimmer fernsah.

Wie so oft, und diesmal willkommen, kam das einäugige Mistvieh auf ihn zugeeilt und streifte erhobenen Schwanzes um seine Beine, als er die Schuhe auszog. MacGregor hatte beschlossen, dass es an der Zeit war, dem Kater Blackbeard etwas in die Schuhe zu schieben, und zwar im wahrsten Sinne des Wortes. Der Inspector mochte keine Katzen, aber seine Tochter, die das ausgesetzte Tier im letzten Jahr als Kitten an der Bushaltestelle gefunden und ins Haus geschleppt hatte und seine Frau hatten ihn mit unorthodoxen Mitteln davon überzeugt, das Biest zu behalten. Eigentlich hatten sie ihn sogar manipuliert und erpresst. Er hatte Bedenken angemeldet, dass der Kater bestimmt Möbel zerkratzen und in Ecken markieren würde, doch bisher hatte er nichts dergleichen getan.

Er ging in das Gäste-WC im Flur und tat so, als benutzte er die Toilette. Tatsächlich aber nahm er aus dem Hahn einen großen Schluck Wasser und behielt diesen im Mund. Der Pirat saß vor der Tür, als er wieder herauskam. „Braves Mistvieh", flüsterte er und nahm die Katze auf den Arm, um sie dann neben seinen verfluchten neuen Schuhen abzusetzen. Gerade in dem Moment, als er sich über diese beugen wollte, trat jemand in den Flur.

„Was machst du da, Dad?"

MacGregor verschluckte sich fürchterlich, begann zu husten und lief im Gesicht rot an. Alarmiert stürzte seine Tochter auf ihn zu und schlug ihn auf den Rücken.

Als er sich gefangen hatte, sagte er nichts und Maeve ging mit hochgezogenen Brauen zurück auf's Sofa. Gedanken hatte er allerdings so einige. Mit einem Teenager unter einem Dach zu leben, war bisweilen wirklich eine Plage! Wenn man nach ihnen rief, hörten sie nicht. Aber wehe, man konnte sie nicht gebrauchen! Dann standen sie einem permanent hinten dran, zum Teufel! Dabei war sein Plan eigentlich wasserdicht gewesen! Wenn er seiner Frau sagte, dass ihn diese Schuhe noch umbrachten, würde sie das Gleiche herunterleiern wie der dämliche Schuhverkäufer. „Man muss sie eben erst einlaufen, Schatz, hab Geduld", hörte er sie schon sagen. Er hätte in einen der Schuhe das Wasser gespuckt und gerufen, dass er Blackbeard dabei erwischt hätte, wie er hineingepinkelt hätte. Erin konnte ihm ja schließlich schwerlich zumuten, weiterhin einen vollgepissten Schuh zu tragen. Denn eine Reinigung desselben schien ihm unmöglich. Er hätte schon darauf geachtet, dass die Sanktionen für den Kater nicht allzu hart ausfielen. Im Grunde seines Herzens mochte er das Tier mittlerweile nämlich ziemlich gerne. Zugegeben hätte er dies natürlich nie. Lieber hätte er sich die Zunge abgebissen. Nun denn, jetzt musste er umdisponieren, stellte er zähneknirschend fest.

„Erin", er trat humpelnd in die Küche und setzte eine Leidensmiene auf, während er stöhnend weitersprach, „diese Schuhe sind wirklich schick, aber sie bringen mich noch um. Ich glaube, ich habe Blasen."

„Oh je, aber du weißt doch, Sam, dass man gute Lederschuhe erst eine Weile einlaufen muss", antwortete sie beinahe mit dem gleichen Wortlaut, den er vorhergesagt hatte.

„Schon, aber ich bin heute wirklich viel gelaufen, wir haben einen neuen Fall, oben am Moray Firth. Und je mehr ich gehe, desto mehr schwellen meine Füße an. Wenn ich die Schuhe morgen nochmal anziehen muss, kann ich abends bestimmt nicht tanzen, glaub mir", meinte er beinahe flehend.

„Setz dich zu Maeve auf die Couch und zieh die Strümpfe aus. Ich mach dir ein Fußbad und dann gehe ich auf den Dachboden. Da müssten noch irgendwo Schuhspanner liegen. Wenn wir die über Nacht einspannen, dann sind die Schuhe morgen bestimmt weiter."

Na das hätte ihr auch wirklich früher einfallen können!, stellte MacGregor ziemlich angesäuert fest, ehe er seine

Tochter in die Küche schickte, um ihm ein Stout aus dem Kühlschrank zu holen. Hoffentlich half das Fußbad und hoffentlich gab es bald etwas zu essen. Er hatte mächtig Kohldampf!

Maeve kam zurück und reichte ihm wortlos eine Flasche Bier.

„Was ist denn das, zur Hölle?", blaffte er, als er auf das Etikett blickte und *Corona* las.

„Hat Mum gekauft. Ist irgendein mexikanisches Bier", antwortete seine Tochter kurzangebunden, zuckte mit den Schultern und ging wieder. In der Stimmungslage wollte sie sich nicht in der Nähe ihres Vaters aufhalten. Dafür kannte sie ihn zu gut.

„Erin!", plärrte der Inspector lautstark. Seine Frau kam die Treppe mit zwei Schuhspannern beladen heruntergeeilt.

„Was ist denn, Schatz?", fragte sie besorgt.

„Was soll das sein und wo ist mein Stout?" Er hielt ihr mit funkelnden Augen die Flasche unter die Nase.

„Also wirklich, Sam! Ich dachte, dir sei etwas passiert!", erwiderte seine Frau und schürzte empört die Lippen.

„Ich wiederhole: Was ist das?" MacGregor hatte den Ton angeschlagen, den er sich normalerweise für anstrengende Befragungen mit widerspenstigen Zeugen aufsparte.

Doch seine Frau ließ sich nicht beeindrucken. „Das, mein lieber Gemahl, ist mexikanisches Bier! Es soll sehr gut schmecken und ich dachte mir, ich tue dir etwas Gutes. So kannst du dich nämlich richtig auf den

Tanzkurs morgen einstimmen!" Sie hatte die Schuhspanner auf die Couch geworfen und die Hände kampflustig in die Hüften gestemmt. „Versuch es doch erst einmal, bevor du meckerst! Ach nein, warte kurz!" Sie eilte in Richtung Küche davon.

MacGregor gab klein bei und nippte an der Flasche. Es schmeckte ihm nicht und er verzog das Gesicht.

„Ich sagte doch, du sollst warten!", herrschte ihn Erin an und riss ihm die Flasche aus der Hand.

„Was zum Teufel soll das?", fragte er verdutzt, als er beobachtete, dass seine Frau ein Stück Zitrone in den Flaschenhals pfriemelte.

„Das verstärkt den Geschmack", trällerte sie und gab ihm die Flasche zurück.

Alles, nur das nicht! Das Zeug schmeckt so schon scheußlich genug!

Aber es gab auch einen Lichtblick. Er durfte nämlich heute auf dem Sofa vor dem Fernseher essen, während seine Füße in einer kleinen Wanne steckten. Das war noch nie dagewesen und er fühlte sich an seine Kindheit erinnert, in der das das Highlight war, wenn er krank war und nicht zur Schule gehen konnte. Seine Mutter hatte ihm dann immer einen Kakao gekocht und einen Teller Plätzchen dazugestellt. Jetzt allerdings stocherte er in einem Linsencurry mit Hähnchenfiletstreifen und Salat. Es schmeckte nicht schlecht, aber er vermisste eine Beilage. Zumindest Reis hätte Erin dazu kochen können! Nachdem er den Teller leergegessen hatte, fühlte er sich noch lange nicht satt. Er überlegte, ob ein Nachschlag da wirklich Abhilfe schaffen würde, oder ob er warten sollte, um sich später in die Garage zu schleichen. Er hatte dort nämlich kürzlich einen kleinen geheimen Vorrat an Dosen mit Corned Beef, Würstchen, sowie Toastbrot und Chips, in seiner Werkzeugkiste angelegt. Er hoffte inständig, dass sich dieses Low-Carb-Projekt bald dem Ende zuneigen würde. Es dauerte nun schon beinahe einen Monat an und er wollte nicht sein Leben lang essen müssen wie ein Hase. Und morgen musste er den Vorrat auch noch um einige Flaschen Stout aufstocken. Das durfte er keinesfalls vergessen!

* * *

„Du denkst so laut, dass ich dich bis hierher hören kann, Rashid. Was ist los mit dir?", fragte der Junge seinen Mitbewohner, der sich die ganze Zeit in seinem Bett hin- und herwälzte und offensichtlich nicht einschlafen konnte.

„Nicht so wichtig, Butch. Mrs Heart hat mich nur gestern noch etwas gefragt, das ich nicht verstehe."

„Was wollte sie denn wissen?"

„Ach, lass es gut sein. Wie gesagt, es war nicht wichtig und jetzt ist sie eh tot." Rashid kehrte dem anderen den Rücken zu und versuchte, sich nicht mehr zu bewegen. Doch es sollte noch lange dauern, bis er Schlaf fand.

* * *

Erin hatte ihrem Mann, nachdem sich dieser die Füße mit einem Handtuch abgetrocknet hatte, die wunden Stellen mit Blasenpflastern verarztet. Er hatte sich tatsächlich an beiden Füßen je zwei Blasen gelaufen, eine an den Fersen und eine an den Zehen. Sie war eigentlich davon ausgegangen, dass Sam, wie es Männer häufig bei Krankheiten taten, übertrieb und über die Maßen jammerte. Aber das war definitiv kein Männerschnupfen. Solche Blasen taten weh. Das wusste sie aus eigener Erfahrung. Sie sagte ihm, dass sie die Spanner bis morgen Abend zum ersten Treffen des Tanzkurses in den Schuhen lassen würde und er morgen zur Arbeit seine normalen Treter anziehen sollte. Er gab ihr dankbar einen Kuss und ging barfüßig und leicht humpelnd in den ersten Stock, in dem die Schlafzimmer lagen. Seine Frau wollte noch ein wenig an einem Auftrag für ein kleines Bauunternehmen weiterarbeiten. Erin war selbstständige Webdesignerin und arbeitete von zu Hause aus.

MacGregor wollte seiner Tochter eine gute Nacht wünschen und sie bitten, ihre digitalen Endgeräte nun abzuschalten und schlafen zu gehen. Er öffnete die Tür.

„Gute Na…"

Maeve saß mit Blackbeard auf dem Bett. Auf dem Bildschirm ihres Laptops lief ein Youtube-Video und sie und das Mistvieh aßen Würstchen aus dem Glas. Daneben lag eine geöffnete Chipstüte. Seine Tochter, die ihn normalerweise hörte, ehe er eintrat, hatte ihn dieses Mal wohl nicht gehört, weil er barfuß war.

„Sag mal, wo hast du das her?", fuhr er sie scharf an.

Sie erschrak, fasste sich jedoch augenblicklich wieder. „Na, aus der Garage natürlich!", parierte sie grinsend und hatte auch noch die Chuzpe, ihm dabei zuzuzwinkern.

Was sollte er schon machen? Er schloss die Tür, setzte sich neben sie auf das Bett, nahm sich wortlos ein Würstchen aus dem Glas und biss genüsslich hinein. Dem Kater gab er allerdings nichts ab. Der bekam schließlich noch sein ganz normales Katzenfutter und hatte unter keinerlei Nahrungsumstellung zu leiden. Seine Tochter hielt ihm noch zusätzlich die Chipstüte hin und der Vater griff beherzt hinein.

IX

„MacLeod am Apparat … Ach, die Polizei … Ja, ich bin im Bilde … tragisch, wirklich tragisch … Harmon Jones hat mich schon angerufen und wollte, dass ich aus meinem Ruhestand zurückkehre, aber ich fragte ihn, von was er denn nachts träumte. Beinahe vierzig Jahre habe ich hinterm Katheder gestanden und mich mit den Gören abgemüht. Jawohl, abgemüht! Jetzt gehe ich vormittags angeln und nachmittags spiele ich Golf oder gehe zur Jagd. Jones muss sich einen anderen Dummen suchen! Ich lasse mich bestimmt nicht mehr in der Tretmühle einspannen. Habe seinerzeit meine sämtlichen Unterrichtsmaterialien an jüngere Kollegen verschenkt … Ach das. Ja, das war furchtbar! War noch ein ganz kleiner Bengel, dieser junge Angus Docherty. Hat sich einen Strick genommen und ist im Keller auf eine der Waschmaschinen gestiegen. Hat ihn an einem Deckenbalken festgezurrt, sich die Schlinge um den Hals gelegt und ist gesprungen. Der arme Kerl hing da schon eine ganze Zeit lang. Wir dachten damals nämlich, er sei abgehauen … Missbrauch? Nein, davon weiß ich nichts. Und ich habe jetzt auch wirklich keine Zeit mehr zu plaudern! Ich mag im Ruhestand sein, aber deswegen habe ich meine

Zeit auch nicht gestohlen … Ja, wenn mir noch etwas einfällt, melde ich mich. Guten Tag!"

Als das Thema Missbrauch zur Sprache gekommen war, wurde der alte Lehrer also kurz angebunden. Ob das etwas zu bedeuten hatte?, überlegte Pat, nachdem sie aufgelegt hatte. Wenigstens konnte sie jetzt die Akte aus dem Archiv anfordern, ohne unzählige Aktenschränke durchforsten zu müssen. Sie telefonierte erneut, um sich danach mit den Kollegen in Frankreich und im Anschluss mit denen in Italien verbinden zu lassen. Hoffentlich bekam sie jemanden an den Hörer, dessen Englisch einigermaßen verständlich war. Mit Franzosen hatte sie schon ziemlich anstrengende Unterhaltungen führen müssen und mit einem Italiener hatte bis dato noch nie am Telefon gesprochen.

Die Spurensicherung hatte die Speicher von Mr Gibbs Smartphone und Laptop ausgelesen und ihnen die Daten geschickt. Der Inspector hatte alles überflogen, konnte jedoch nichts für sie Relevantes entdecken. Auf seinem Computer hatte er, wie seine verstorbene Kollegin, hauptsächlich Unterrichtsmaterial und nur weniges anderes gespeichert.

„Also diese Dubois und dieser Russo sind auch sauber, Chef. In Hillside hat demnach keiner eine Vorstrafe – und eben ist die Akte von Angus Docherty angekommen", der Sergeant war ins Büro des Inspectors getreten.

„Und? Steht irgendetwas Aufschlussreiches drin?" MacGregor wollte es vermeiden, die Akte selbst anse-

hen zu müssen. Fälle mit toten Kindern oder Kinds-
missbrauch waren ihm ein Gräuel und seit er selbst
Vater war, hatte sich diese Abscheu noch massiv verstärkt.

„Nicht wirklich, leider. Der Junge hat keinen Ab-
schiedsbrief hinterlassen und seine Mitschüler gaben
allesamt an, nicht zu wissen, warum er sich getötet hat.
Gleiches gilt für die Lehrerschaft und das Hauspersonal. Aber das ist ja nicht weiter verwunderlich. Die
Kinder hatten Angst vor Sanktionen der Lehrer, und
wenn ein Lehrer oder sonstiger Angestellter etwas über
einen Kollegen gewusst hätte, hätte er zur damaligen
Zeit wahrscheinlich ebenfalls geschwiegen. Keine
Krähe kratzte der anderen ein Auge aus", fasste sie die
damalige Untersuchung ungeschönt zusammen.

„Und die Eltern oder andere Verwandte? Wie sieht
es damit aus?"

„Hier drin steht, dass sie auch keine Ahnung über
den Beweggrund ihres Sohnes hatten. Er hatte eine
jüngere Schwester, aber die war seinerzeit noch zu
klein, um sie befragen zu können. Ich habe aber bei
Gericht angerufen. Die Eltern und die Schwester haben, nachdem die Skandale ans Licht kamen, eine
Klage gegen Hillside eingereicht. Die beiden Parteien
haben sich erst kürzlich auf eine Art Vergleich geeinigt.
Vielleicht wusste die Internatsleiterin deswegen noch
nichts davon. Mrs Heart und Mr Gibbs sind für die
Schule in den Ring gestiegen, haben aber, soweit ich
das verstanden habe, den Bedingungen der Dochertys
widerspruchslos entsprochen und die Entschädigungs-

summe wurde aus einem Fond des Colleges beglichen, den die Alumni, in dem Fall begüterte Ehemalige, speisen. Als Vermittler fungierten die Anwälte der Organisation *Victim Support Scotland*. Für die Familie gab es also eigentlich keinen Grund, die beiden Lehrer zu töten und die Gelegenheit fehlte ihnen zudem. Außer natürlich, sie wären nachts in die Küche eingebrochen und hätten die Marmelade vergiftet. Aber dafür hätten sie erst einmal wissen müssen, dass nur die beiden Opfer davon nahmen. Ich sehe hier keinerlei weiteren Ermittlungsbedarf, Sir", verdeutlichte Pat ihren Standpunkt.

Der Inspector nickte. „Das sehe ich auch so, Taylor. Aber wir sollten diese Missbrauchsfälle dennoch im Hinterkopf behalten. Wer weiß, vielleicht war ein Opfer, das selbst noch am Leben ist, mit der Höhe der Entschädigungssumme nicht einverstanden oder vielleicht gab es jemanden, der überhaupt nichts bekam. Möglicherweise hat die Person Kontakt zu einer in Hillside lebenden oder arbeitenden Person, also einen Komplizen innerhalb der Internatsmauern. Ich weiß, das klingt jetzt ein wenig arg konstruiert, aber solche Konstellationen hat es schon gegeben."

Jetzt war es am Sergeant zu nicken. Da hatte ihr Vorgesetzter natürlich recht. Möglich war alles und man durfte bei einer Mordermittlung nichts, auch wenn es auf den ersten Blick noch so abwegig erschien, vernachlässigen. Einige der Fallstudien, die sie an der Uni analysieren sollten, hatten gezeigt, dass manche Verbrechen nie aufgeklärt werden hatten konnten, da sich die Ermittler am Anfang zu stark auf die vermeintlich richtige Spur fokussiert hatten. Diese hatte sich dann jedoch als die klassische falsche Fährte entpuppt und alle anderen Spuren war kalt oder nunmehr wertlos. Das Telefon auf MacGregors Schreibtisch klingelte und unterbrach die Reminiszenz an ihre Studienzeit.

„Dieser Neue von der Spurensicherung ist auf Zack", merkte der Inspector an, nachdem er aufgelegt hatte. „Auf der Kette waren nur die Fingerabdrücke der Sportlehrerin. Und in der Pfeffermühle waren neben schwarzem und weißem Pfeffer nur rote Beeren, die Frucht des sogenannten Schinusbaumes. Wie Innes mir erklärt hat, nimmt man diese aber in Pfeffermischungen meist anstelle von rotem Pfeffer, weil man den nicht trocknen kann."

„Dann ist also der Begriff *bunte Pfeffermischung* eigentlich ein Beschiss", konstatierte der Sergeant.

Der Inspector zuckte mit den Schultern. Verbraucherschutz war momentan nicht ihr Thema. „Lassen Sie uns in einer halben Stunde nochmal nach Hillside fahren. Wir müssen in Ihrer *Mörder-Ahoi-Sache* nachhaken und uns zudem Einsicht in die Akten der Kassenprüfung geben lassen. Und sehen Sie sich nochmal die Übersicht über die Missbrauchsopfer an, die sich mit den beiden Opfern in Verbindung gesetzt haben. Mir ist nichts Auge gestochen, aber vielleicht habe ich etwas übersehen." Er reichte ihr die Mappe, die die entsprechenden Informationen enthielt. Dann ging er sich etwas von der hauseigenen Brühe holen, wie er den Kaffee nannte, den die Constables auf der Wache kochten. Zu seiner Freude stellte er fest, dass Mrs Hudson, ihre langjährige und unbezahlbare Reinigungskraft, heute einmal wieder ihre legendären Shortbreadfingers gebacken und mitgebracht hatte. Er hätte sich momentan auch ein deutlich weniger schmackhaftes Gebäck gegriffen, Hauptsache es enthielt massenhaft Kohlenhydrate. Er griff zu und steckte sich zusätzlich noch zwei Stücke in seine Jackentasche als Wegzehrung.

* * *

Sie tingelten das letzte Stück des Weges an der Küste entlang. Beim Städtchen Burghead, das man im Gälischen Am Broch nannte und im Nordosten der Grampian Mountains lag, waren sie abgefahren. Die piktische Burg, die auf der kleinen Halbinsel als Festung erbaut worden war, war durchaus sehenswert, wie Pat bei einem ihrer privaten Streifzüge durchs schottische Hochland festgestellt hatte.

Kurz bevor sie losgefahren waren, hatte sie noch schnell ihre E-Mails gecheckt. Die lang erwartete, aber nicht unbedingt ersehnte Nachricht, wo sie in den nächsten neun Monaten ihren Dienst versehen sollte, war eingetroffen. In drei Wochen würde sie an eine Dienststelle in Gloucestershire versetzt werden, genauer gesagt in die Cotswolds. Diese Hügellandschaft mit ihren kleinen reetgedeckten Cottages, die häufig als Postkartenmotive dienten, würden einen krassen

Kontrast zur harschen Schönheit des schottischen Hochlands bilden.

Sie blickte aus dem Autofenster hinaus und sah vier ziemlich dick eingepackte Wanderer den Coast Trail entlang gehen. Die Küste war hier schroff, es herrschte eine steife Brise und es nieselte wie so oft in den Highlands. Dennoch war es schön hier, wunderschön sogar. Pats Herz machte einen kleinen Satz. Sie würde Schottland vermissen und sie würde auch den ruppigen Inspector, der neben ihr am Steuer des Landrovers saß, vermissen. Sie warf ihm einen kurzen Seitenblick zu, doch er bemerkte es nicht. Scheinbar hing er seinen eigenen Gedanken nach. Ob er sie wohl auch vermissen würde? Sie wusste es nicht. Sie hatte den Eindruck, dass er ihre Arbeit schätzte, doch ob er sie auch auf persönlicher Ebene mochte, war ihr nicht ganz klar. Er war bisweilen genauso schroff wie die Felsen, an denen sie gerade vorüberfuhren. Vor allem vor dem ersten Kaffee sollte man es tunlichst vermeiden, ihn anzusprechen. Wenigstens hatte er heute wieder seine alten Treter an. Er war deutlich ausgeglichener als gestern, so viel stand fest. Sie sah wieder aus der Scheibe. Vielleicht würde sie ja heute einmal Glück haben und die Delfinschule, die hier oben lebte, zu Gesicht bekommen.

MacGregor hatte im Moment nichts für die Landschaft übrig. Außerdem würde er ja bis an sein Lebensende Zeit haben, diese zu bewundern. Er fragte sich gerade, ob es Sinn machte, Mrs Curtis zu bitten, im Namen der Polizei einen Appell an die Schülerschaft zu richten. Oder machte er damit ein Fass auf? Wenn sämtliche Schüler wegen irgendwelcher Kleinigkeiten bei ihnen antanzten, die sie bemerkt haben wollten und die sich dann als Nichtigkeiten herausstellten, bedeutete das einen ziemlichen zusätzlichen Arbeitsaufwand. Wenn aber doch ein Schüler etwas Wichtiges beobachtet hatte und er nicht danach gefragt hatte, war das eine nicht zu entschuldigende Nachlässigkeit seinerseits. Er würde wohl doch indirekt an die Schüler herantreten müssen. Allerdings war er sich nicht sicher, ob es nicht besser wäre, anstelle einer Art Durchsage seitens der Internatsleiterin, eventuell die Leute vom Kriseninterventionsteam ins Boot zu holen. Er teilte seine Überlegungen mit dem Sergeant, gerade als die geglaubt hatte, eine Finne eines Delfins im Meer gesehen zu haben.

„Können Sie mal kurz anhalten, Sir. Ich hab' noch nie einen Delfin in freier Wildbahn gesehen. Bitte!"

MacGregor seufzte ergeben. Nun gut, die fünf Minuten, die sie früher oder später am College ankamen, machten das Kraut auch nicht mehr fett. Er fuhr linker Hand in eine kleine Ausweichbucht und schaltete den Motor aus. Sergeant Taylor stürmte zu einer Brüstung, von der aus man einen freien Blick auf die See hatte. Und tatsächlich, eine kleine Schule von sechs großen Tümmlern, die in den Wellen ihre Bahn zog, tauchte vor ihren Augen auf.

„Wahnsinn!", kreischte Pat fasziniert und holte sofort ihr Smartphone aus der Tasche.

Typisch!, dachte der Inspector, der nicht der Generation Handy angehörte, zynisch. Für ihn war das Gerät nur Mittel zum Zweck. Ihm wäre nie in den Sinn gekommen, die Tiere gleich bei ihrem Auftauchen zu fotografieren. Er hätte den Anblick zunächst nur durch die ihm eigenen Linsen seiner Augen beobachtet und wahrscheinlich gar nicht an die Kamerafunktion gedacht.

* * *

In Hillside sprachen die beiden Ermittler zunächst mit der Leiterin des Kriseninterventionsteams. Sie versprach, ihre Kollegen über ihr Ansinnen zu informieren. Auch der Sergeant war, nachdem die Euphorie verklungen war, der Meinung gewesen, dass dies der bessere Kanal wäre und merkte zudem noch an, dass es vernünftig wäre, wenn sie die Kinder nicht an sie, also die Polizei, verwiesen, sondern sich zunächst selbst anhören sollten, was sie zu sagen hatten. So waren zwei Fliegen mit einer Klappe geschlagen. Zum einen sortierten die Betreuer vorher das Unwesentliche aus und zum anderen konnten die Schüler zu Bezugspersonen oder Menschen, zu denen sie schon ein wenig Vertrauen gefasst hatten, sprechen. Pats Sorge ging nämlich, im Gegensatz zu der ihres Chefs, eher in die Richtung, dass keiner, auch wenn er etwas beobachtet hatte, mit einem Polizisten sprechen wollte.

* * *

„Ja, Inspector, wir führen analog Buch. Kommen Sie herein, ich habe die Ordner in meinem Fach." Mr Singh hielt den Beamten die Tür zum Lehrerzimmer auf. Der Raum war recht groß, aber ähnlich düster wie die anderen Räume, die sie in Hillside bereits betreten hatten. Die Möbel, also die Regale, Spinde und Tische sowie Stühle aus dunklem Holz und die beinahe schwarze Wandvertäfelung taten ihr Übriges, um die Stimmung im Raum zu drücken. Hier hätte er nicht arbeiten mögen, dachte der Inspector und auch der Sergeant an seiner Seite machte ein wenig begeistertes Gesicht. Sicher, das Mobiliar und die Einrichtung schienen in ihrer Anschaffung kostspielig gewesen zu sein, doch irgendwie muffte es hier, oder war das nur Einbildung?

Der Kassenprüfer kam beladen mit drei großen Ordnern im Arm auf sie zu. „Ich habe hier die Unterlagen der letzten drei Jahre. Wenn Sie weiter zurückgehen wollen, müssen Sie im Sekretariat nachfragen. Diese Aufzeichnungen liegen in der Registratur im Keller und dafür habe ich keinen Schlüssel."

Er legte die Ordner vor ihnen auf den Tisch, sichtlich erleichtert, die Last loswerden zu können. Bei dieser Bewegung verrutschte einmal mehr seine Haarsträhne, doch mit dem bekannten „Klatsch" beförderte er sie wieder an Ort und Stelle. „Aber wie gesagt, wir haben genau gearbeitet und Sie werden keine Unstimmigkeiten finden", setzte er ziemlich selbstsicher hinzu, ehe er sich wieder verabschiedete. Er müsse eine Klasse beaufsichtigen, die sich gleich auf eine Art Waldspaziergang zur Trauerbewältigung begab. „Das soll irgendwie beim Abbau von Stresshormonen helfen. Dazwischen machen wir dann immer wieder Pausen und lauschen in die Stille und dann wird auch noch östliche Meditationsmusik gespielt, zu der sich die Kinder mit geschlossenen Augen auf einer Waldlichtung bewegen sollen. Alles Quatsch, wenn Sie mich fragen, und Ernest würde sich im Grab umdrehen, wenn er denn schon unter der Erde liegen würde. Der Affentanz, der da wegen ihm aufgeführt wird, wäre ihm fürchterlich peinlich gewesen!" Damit ließ er die Polizisten mit einem kurzen Kopfnicken als Abschiedsgruß stehen.

„Laden Sie die Ordner in den Kofferraum, Sergeant. Hier möchte ich sie nicht durchsehen. Das machen wir auf der Wache. Ich mache mich derweil auf die Suche nach den beiden Lehrern, die mit für die Stipendien zuständig waren. Wir treffen uns im Speisesaal, da wird es momentan ruhig sein."

Pat verzog das Gesicht, als ihr MacGregor den letzten Ordner auf den Arm lud und marschierte zur Tür hinaus, die er ihr gentlemanlike und mit einem breiten Grinsen aufhielt. *Scheinheiliger Schuft!*, dachte sie, während sie sich vorsichtig die Stufen hinuntertastete, da die Sicht auf ihre Füße eingeschränkt war. Auf dem ersten Treppenabsatz rutschte sie mit ihrer Schuhspitze unter einen indischen Läufer. Rumms! Sie war gestolpert und polterte mehrere Stufen auf einmal hinunter, den Ordnern, die sie fallen gelassen hatte, hinterher. Die Polizistin schrie unwillkürlich auf. Keine zwei Sekunden später war ihr Chef an ihrer Seite.

„Himmel, Taylor! Konnten Sie nicht aufpassen!",
herrschte er sie an.

Sie hingegen hatte mit den Tränen zu kämpfen und
blieb ihm deshalb die deftige Antwort, die ihr ansonsten bestimmt, wie so oft, ohne lange nachzudenken,
herausgerutscht wäre, schuldig.

MacGregor bemerkte, dass sie sich offenbar verletzt
hatte und versuchte ihr auf die Beine zu helfen.

„Autsch! Nein, ich glaube, ich habe mir den Knöchel gebrochen. Ich kann ihn nicht belasten. Das tut
furchtbar weh!"

Der Inspector fluchte verhalten. „Warten Sie hier.
Ich hole diese Krankenschwester, diese Mrs Norris. Bin
sofort wieder da!"

Pat blieb auf den Stufen sitzen und rieb sich mit
schmerzverzerrtem Gesicht den Knöchel. Eine ein-
zelne Träne bahnte sich den Weg über ihre rechte
Wange. Doch sie riss sich zusammen und wischte sie
unwirsch weg.

Die Krankenschwester legte ihr ein Kühlpad auf
den Knöchel, nachdem sie ihr den Schuh und die Socke
ausgezogen hatte. Der Knöchel war bereits ziemlich
stark angeschwollen. „Halten Sie mal das Pad auf die
Stelle, Inspector. Ich wickle eine Bandage herum, dass
es hält. Sie werden wohl ins Hospital zum Röntgen fahren müssen. Ich weiß nicht, ob das nur eine Prellung
oder doch ein Bruch beziehungsweise eventuell auch
ein Bänderriss ist. Ich habe Krücken, die ich Ihnen leihen kann, Sergeant."

Pat nickte zutiefst dankbar. Die Vorstellung, am

Arm ihres Chefs einbeinig zum Auto hopsen zu müssen, war ihr ein Graus.

MacGregor musste die Ordner nun selbst zum Wagen tragen und Taylor saß auf dem Rücksitz, weil sie dort das verletzte Bein hochlagern konnte, wie ihr Schwester Norris geraten hatte.

X

Die Untersuchung ergab, dass Sergeant Taylor eine
Bänderzerrung hatte und den Fuß ruhigstellen sollte.
MacGregor hatte sie nach ihrem Besuch in der Not-
aufnahme des Krankenhauses nach Hause gefahren.
Sie hatte jedoch darauf bestanden, dass er die Ordner
in ihr kleines Appartement trug. Sie sei ja schließlich
nicht auf den Kopf gefallen und auf dem Sofa, auf
dem sie sich mit bleichem Gesicht niedergelassen hatte,
könne sie schließlich auch lesen.

Ihr Chef hatte sie jedoch ermahnt, sich nicht zu
übernehmen und aufzuhören, wenn sie Schmerzen
hatte. Im Moment wirkte noch das Schmerzmittel, das
sie ihr im Hospital verabreicht hatten, doch sie versicherte ihm, dass sie auch noch etwas zu Hause hätte
und sich schon nicht überanstrengen würde. Sie hatten
auf dem Nachhauseweg noch Krücken in einem Sani-
tätshaus ausgeliehen, da ihr der behandelnde Arzt dafür ein Rezept ausgestellt hatte.

Der Inspector schaute kurz auf der Wache vorbei
und fuhr danach erneut nach Hillside. Auf dem Weg
dorthin dachte er über die beiden Berichte aus der Pa-
thologie nach, die am Vormittag hereingekommen waren und die er eben noch überflogen hatte. Gibbs war
nur ein paar Stunden vor Heart gestorben. Der Ge-

richtsmediziner schätzte, dass der Tod zwischen sechs und sieben Uhr am Morgen eingetreten sein musste. Ansonsten hatte er eigentlich nichts Neues erfahren. Warum die Frau später als der Mann gestorben war, ging aus den Untersuchungen nicht hervor. Nun gut, das war nicht zu ändern. Er fuhr auf dem Parkplatz des Colleges vor. Wie immer verursachte ihm der Anblick des grauen Herrenhauses einen leichten Schauder und er musste sich überwinden, die Stufen zum Portal hinaufzusteigen.

Er würde Mrs Norris die Gehhilfen zurückgeben und außerdem musste er noch die beiden Lehrer befragen, die mit den Opfern im Ausschuss für die Vergabe der Stipendien gesessen hatten. Auf dem Weg zur Krankenschwester sinnierte er über Taylors Sturz. Wenn er die Ordner nun gleich selbst ins Auto getragen hätte, wäre er dann auch gestürzt und damit dem vermaledeiten Tanzkurs heute Abend entkommen? Der Sergeant war normalerweise kein bisschen tollpatschig. Diese Wenn-Dann-Szenarien hatten durchaus ihren Reiz, aber es wurde langsam Zeit für einen Plan. Den Rest des Weges grübelte und grübelte er, doch er kam auf keinen grünen Zweig. Wenn die anderen Schuhe noch immer drückten, würde Erin ihm wohl erlauben, seine normalen Halbschuhe anzubehalten. Hoffentlich stieß er bei seiner Befragung auf eine heiße Spur, die ihn seinen Feierabend nach hinten hinauszögern lassen konnten. *Mörder Ahoi, so Gott will!*

Mr Quinn war zwar aus dem Krankenhaus entlassen worden, würde jedoch erst am Montag wieder zur

Schule kommen. In Hillside wurde, wie in vielen Internaten im United Kingdom, auch samstags unterrichtet und dazu sah er sich nach Angaben von Mr Jones noch nicht im Stande. Dem Unterton des Schulleiters, der bei ihrer Unterhaltung mitschwang, entnahm der Inspector, dass Mr Quinn das Gegenteil von seinem Sergeant war und sich wohl gerne vor seinen Pflichten drückte, wenn ihm nur leicht unwohl war.

Den Sportlehrer, Mr Gilbert, fand der Ermittler allerdings nicht im Haus. Mr Jones, zu dem er zurückgekehrt war, nachdem er ihn nirgends hatte finden können, schickte ihn zum Anleger, an dem die hauseigenen Boote von Hillside lagen. Er schätzte, dass Gilbert die unterrichtsfreie Zeit, die sie im Moment gezwungener Maßen hatten, dazu nutzte, einige Wartungsarbeiten an ihrer Oyster durchzuführen.

Der kleine Privathafen des Internats lag in einer winzigen, jedoch malerischen, von Felsen eingerahmten Bucht. MacGregor pfiff der Wind um die Ohren, als er auf der Zufahrtsstraße den Hang zur Küste hinablief. Einige Möwen, die den Böen zu trotzen schienen, kreisten über dem Meer und schrien lauthals, als würde ihnen das Wetter gefallen. Die „Moray Spirit" war eine 80 Fuß lange, ziemlich beeindruckende Hochseeyacht, wie MacGregor erstaunt feststellte. Er war von einem deutlich kleineren Segelboot für schulische Zwecke ausgegangen. Anscheinend stand ihm das ins Gesicht geschrieben, denn Mr Gilbert, der heute wie ein Fischer Ölzeug anstatt eines Trainingsanzugs trug,

erklärte ihm bereitwillig, was es mit der „Moray Spirit"
auf sich hatte.

„Wir nehmen das Segeln hier sehr ernst, Inspector.
Es ist Teil des Lehrplans von Hillside. Unsere Schüler
sollen ans Meer herangeführt werden und erlernen, es
gemeinsam als Team zu beherrschen. Die Yacht kann
unter der richtigen Führung mit allem fertig werden,
was ihr das launische, schottische Wetter entgegensetzt.
Natürlich müssen die Jugendlichen dabei flexibel sein
und auch Theorie der Nautik und Schiffstechnik
kommt bei uns nicht zu kurz. Jeder muss erst eine
schriftliche Prüfung bestehen, ehe er das erste Mal einen Fuß auf Deck setzen darf. Aber vorher fahren sie
noch mit einfacheren Booten aus unserer Flotte raus."
Er deutete auf eine Reihe von sogenannten Toppern,
also Schwertbooten sowie Lasern beziehungsweise Ein-
handjollen und Motorbooten, die ebenfalls im Hafen
vertäut lagen. „Die Spirit kann auch die schwierigsten
Passagen meistern und im Sommer darf jedes Jahr eine
Crew der älteren Schüler einen Törn zu den Azoren
machen und an den Tall Ship Races, der Langstre-
ckenregatta, teilnehmen."

„Und was bringt das den Schülern, die später nie
wieder in ihrem Leben segeln werden?", fragte der Inspector, dem zu kostspielige Sportarten, oder solche,
die den Schwerreichen vorbehalten waren, prinzipiell
ein Dorn im Auge waren, ein wenig provokant.

„Nun, neben dem eben schon erwähnten Teamgeist
werden das Selbstvertrauen, die Ausdauer und auch
die Führungsqualitäten gefördert. Diese Kompetenzen

sind selbstredend auf andere akademische Bereiche übertragbar. Aber ich würde es mal so formulieren: Das Segeln bringt einen bisweilen an seine körperlichen Grenzen, man muss Vertrauen zu anderen haben können und sich dieses Vertrauen im Gegenzug natürlich bei anderen verdienen. Meiner Meinung nach ist diese Mannschaftsleistung an Deck die beste Schule für's Leben." Dabei entfaltete der Hüne seine volle Größe, indem er noch die Arme gen Himmel reckte. Taylor hatte nach dessen Erste-Hilfe-Aktion angemerkt, dass der Mann für sein Alter recht attraktiv sei und dies wohl auch Mr Fury so empfände. Aber MacGregor selbst kam der riesige Kerl weder homosexuell noch gutaussehend vor. Und den jungen Lehrer konnte er nur sehr schlecht einschätzen.

Der Ermittler kam wieder ins Hier und Jetzt zurück und nickte. Er konnte die Argumentation nachvollziehen, doch im Stillen wagte er zu behaupten, dass aus seiner Tochter ein ebenso fähiges Mitglied der Gesellschaft wie aus den Schülern von Hillside werden würde, auch wenn sie keinen Unterricht im Segeln bekam. Dieser Mr Gilbert war ihm eindeutig zu hochnäsig und dabei war er nur ein Ex-Soldat und einfacher Sportlehrer. Er hatte extra noch einmal auf der Lehrerliste nachgesehen, er hatte nicht einmal ein Zweitfach. Wahrscheinlich hatte dieser Schnösel nicht einmal studiert, sondern irgendwelche Ausbilderscheine bei der Armee gemacht. Und außerdem störte es ihn, dass dieser Riese seine Körpergröße auch noch rhetorisch ausschlachtete. Da MacGregor für einen

Mann relativ klein war, war dies seit jeher seine Achillesferse.

„Ich wollte Sie zu den Stipendien befragen, Mr Gilbert, die die Stiftung des Hillside Colleges auf Anraten von Ihnen, Mr Quinn und den beiden Verstorbenen vergibt. Wenn Sie mich kurz über die Modalitäten aufklären würde", verlangte er ein wenig eisig, was der Befragte jedoch entweder ignorierte oder gar nicht erst wahrnahm.

„Aber natürlich, Inspector", setzte er jovial an und machte dabei eine Gönnermiene.

MacGregor hätte ihn am liebsten über die Reling seines blöden Nobelkutters gestoßen.

„Wir vergeben die Stipendien alle sechs Jahre und dann immer an fünf Schüler. Vier davon sind für Schüler aus ärmeren Ländern reserviert, die sich durch ihre Leistungsbereitschaft auszeichnen, aber leider zu den Ärmsten der Armen gehören. Ein Stipendium bleibt im Vereinigten Königreich. Das ist sozusagen unser Alibistipendium, wenn es mal wieder heißt, dass es auch hierzulande sozial benachteiligte Kinder gibt. Wir zahlen den Kindern die Semestergebühren und sonst noch all das, was sie brauchen, um vollständig von unserem Unterrichtsangebot Gebrauch machen zu können. Das fängt bei festem Schuhwerk an, natürlich nicht zu vergessen mehrere Garnituren der Schuluniform, und hört bei Sportgeräten wie Tennisrackets oder einem Satz Golfschläger auf. Natürlich bekommen die Kinder auch Tablets, digitale Schulbücher und dergleichen zur Verfügung gestellt. Die Eltern der Kinder sind ja arm wie die Kirchenmäuse, die müssten wahrscheinlich einen ganzen Monat lang schuften, nur um das Geld für einen anständigen Reisekoffer zusammenzukratzen. Sie haben ja keine Ahnung, was wir da früher alles gesehen haben, als die ersten Stipendiaten hier ankamen. Seitdem haben wir eine Liste zusammengestellt und bestellen für die Kinder die Kleidung, die Ausrüstungsgegenstände und alles andere Notwendige."

„Wie hoch sind denn die Studiengebühren pro Schuljahr?" Diese Frage brannte dem Inspector schon seit ihrem ersten Besuch in Hillside unter den Nägeln.

„Ach, in diesem Schuljahr liegen sie pro Term für die jüngeren Schüler in etwa bei 16.000 Pfund Sterling, für die älteren bei 17.000. Das wären dann 48.000 Pfund Sterling beziehungsweise 51.000 im Jahr."

MacGregor schluckte. Das war nur geringfügig weniger als das, was er als höherer Polizeibeamter verdiente.

„Können Sie mir eine Liste der derzeitigen Stipendiaten geben und Aufzeichnungen darüber, wann die Zahlung der Stiftung bei der Internatsleitung eingeht?"

„Eine Liste der Schüler kann ich Ihnen ausdrucken, aber die anderen Belege hat der Stiftungsrat, oder die Kassenprüfer. Das haben ja Rosemary und Ernest immer gemacht, deswegen habe ich mich mit dieser Angelegenheit nicht befassen müssen."

„Worin bestand dann konkret die Aufgabe ihres Quartetts?"

„Oh, ich denke, meine Aufgabe wird dahingehend

111

weiterbestehen bleiben", korrigierte er das verwendete Tempus des Ermittlers, und MacGregors Unmut über diesen aufgeblasenen Wichtigtuer wuchs zusehends.

„Wir bekommen Anfragen aus aller Herren Länder und sichten diese auf Eignung und Leistungsbereitschaft. Natürlich ist so eine Ferndiagnose nicht einfach, aber ich darf behaupten, dass wir auf diesem Gebiet sehr gute Arbeit leisten. Bis jetzt zählten die von uns ausgewählten Stipendiaten immer zu den besten Absolventen ihres jeweiligen Jahrgangs." Bei letzterer Aussage schien er vor Stolz beinahe zu platzen.

Blöder Angeber!, dachte der Inspector. „Nun, wie gesagt. Ich brauche die Liste!", insistierte er unwirsch und die beiden Männer begaben sich schweigend zum Herrenhaus. MacGregor wäre zwar lieber im Freien am Meer geblieben als zu diesem in seinen Augen immer scheußlicher und unheimlicher werdenden Gebäude zurückzukehren, doch seine Ermittlungen ließen ihm da wenig Spielraum.

Lawrence Gilbert verschwand in seiner Wohnung, wo er eine Kopie der Übersicht machte. Der Inspector, der in der Halle wartete, schrieb derweil der kranken Taylor eine Nachricht, dass sie bei der Durchsicht der Ordner auch auf die Eingänge der Studiengebühren für die fünf Stipendiaten achten sollte. Er hatte kurz überlegt, ob das nicht ein wenig dreist von ihm war, aber schließlich hatte sie ja selbst auf der Überprüfung bestanden und so war es effizienter. Sonst hätte sie die Eingänge noch ein zweites Mal überprüfen müssen.

Außerdem war er sich sicher, dass sie ihre *Mörder-Ahoi-Theorie* lieber eigens überprüfen wollte. Keine drei Minuten später hatte er die Liste der Stipendiaten und verließ das ungeliebte Gebäude und den noch unsympathischeren Sportlehrer.

Der Bogen war beidseitig bedruckt. Vorne standen lediglich die Namen und die Herkunftsländer der Schüler, hinten waren die genauen Adressen und die Noten ihres letzten nationalen Zeugnisses aufgelistet. Drei Schüler kamen aus Peru, Afghanistan und Pakistan, eine Schülerin aus Kolumbien und eine aus Nordirland. MacGregor sah auf seine Armbanduhr, als er losfuhr. *Mist, es war an der Zeit nach Hause zu fahren, etwas zu essen und sich in sein Schicksal zu ergeben!*

* * *

„Schnell, schnell, langsam! Schnell, schnell, langsam! Schnell, schnell, langsam! Nur auf die Schritte achten, nur auf die Schritte! Nein, nicht auf den Oberkörper, Señor!"

Schnell, nicht langsam, aber dafür sicher, kam sich MacGregor tatsächlich vor wie ein Senior, allerdings anders geschrieben. Dieses Weib machte ihn fertig!

„Die Arme einfach locker vor der Taille lassen! Schnell, schnell, langsam! Locker bleiben. Sie haben keinen Stock verschluckt, Gentlemen!", fing nun auch noch der Kerl an, hatte aber Gott sei Dank nicht nur ihn im Visier, sondern auch noch so einen anderen armen Teufel, der wohl, seinem Gesichtsausdruck nach zu urteilen, wie er von seiner Gattin in die Tanzschule geschleift worden war.

„So, jetzt mal ohne die Musik. Nur den Wiegeschritt. Fünf, sechs, sieben, Wie-ge-schritt!"

Verdammt noch eins, was war dieser Wiegeschritt doch gleich wieder? Er hasste Salsa jetzt schon und sie waren noch nicht einmal eine halbe Stunde hier! Eine ganze Stunde musste er diesen Unsinn noch mitmachen. Und Erin strahlte übers ganze Gesicht. Sie schien tatsächlich Spaß an diesem schweißtreibenden Schwachsinn zu haben!

„So, meine Damen, meine Herren, nun die Rückwärtswiege. Wir beginnen wieder mit dem rechten Fuß. Und Fünf, sechs, sieben!"

MacGregor seufzte und machte einfach stur alles seiner Frau nach. Dadurch waren seine Bewegungen zwar ein wenig zeitverzögert, aber wenigstens waren es die richtigen.

„Gut, sehr gut! Wird doch! Jetzt kombinieren wir die beiden Elemente. Wir beginnen die Vorwärtswiege mit dem linken Fuß nach vorne und es folgt die Rückwärtswiege mit dem rechten Fuß rückwärts. Fünf, sechs, sieben!"

Tatsächlich funktionierte dies einigermaßen problemlos, doch als dann die Musik dazu lief und sie die Schrittfolge mit dem Tempo schnell, schnell, langsam kombinieren mussten, kam der Inspector ziemlich ins Trudeln. Die Tanzlehrerin, die das gesehen hatte, stellte sich vor ihn hin und legte seine beiden Hände auf ihre Hüften. „Sie machen mir jetzt mal meine Schritte ganz einfach nach, Señor. Sie schaffen das!"

MacGregor wusste nicht, was ihm unangenehmer war, die Hände auf den Hüften dieser schon sichtlich in die Jahre gekommenen Latina legen zu müssen oder nun im Mittelpunkt sämtlicher Paare zu stehen, die ihn und seine Schritte allesamt aufmerksam beobachteten. Ihm war die ganze Sache äußerst zuwider. Gott sei Dank stand die Frau wenigstens mit dem Rücken vor ihm, denn sie hatte ein Dekolleté, das ebenso tief wie faltig war und einen absolut unschönen Anblick bot. Ab einem gewissen Alter sollte man seiner Meinung nach auf einen derartigen Ausschnitt verzichten! Die Beine lugten zudem unter einem äußerst kurzen, seitlich obendrein noch geschlitzten Rock hervor, wenngleich diese noch einigermaßen ansehnlich waren. Er glaubte nicht, dass seine vierzehnjährige Tochter einen ebenso kurzen Rock im Kleiderschrank hängen hatte. Aber das, was ihr Mann, der mindestens genauso alt wie sie war, trug, war auch nicht viel besser. Das schwarzgefärbte Haar - so musste es sein, der Inspector glaubte nicht, dass man in diesem Alter noch derart glänzende Haare haben konnte - war nach hinten gegelt und beim Gehen machte er einen Hüftschwung, der jedem Model auf dem Laufsteg Konkurrenz gemacht hätte. Sein kurzärmeliges, pastellblaues Hemd hatte er beinahe bis zur Brust aufgeknöpft und ein Busch Haare, wohl ebenfalls gefärbt, war zu sehen, in dem eine Goldkette baumelte. Seine glänzende, silber-graue Hose war derart enganliegend, dass man die maskulinen Formen darunter nicht nur erahnen konnte. MacGregor schüttelte den wenig erquickenden Gedanken schnell ab. Er musste sich jetzt konzentrieren.

„Fünf, sechs, sie… Autsch!", schrie die Tanzlehrerin so laut, dass sogar die Musik übertönt wurde.

Der Inspector hatte, um nur ja nicht seinen Einsatz zu verpassen und vor versammelter Mannschaft als Trottel dazustehen, seinen Fuß den Bruchteil einer Sekunde zu früh vorschnellen lassen und war der Frau, die vor ihm stand, so heftig auf die Ferse getreten, dass sie aus ihrem Stöckelschuh gerutscht war. Nun rieb sie sich mit schmerzverzerrtem Gesicht den Fuß, wie Stunden zuvor das auch sein Sergeant getan hatte.

Dadurch, dass sie sich hinabbückte und der Rock eher nur ein breiterer Gürtel war, sah MacGregor den Saum ihrer bordeauxroten Spitzenunterwäsche. *Guter Gott, das auch noch*! Er lief vor Scham rot an und die Tanzlehrerin entfernte sich mit bösen Blicken von ihm. Er schaute zu seiner Frau hinüber, die sich um einen neutralen Gesichtsausdruck bemühte. Anscheinend wusste sie nicht recht, ob sie lachen oder weinen sollte. Er vermied es, sich die Mienen der anderen Anwesenden anzusehen und starrte beschämt auf den Boden, bis der gealterte Gigolo in die Hände klatschte und erneut anzählte. Ein Gutes hatte sein Fauxpas, den Rest der Tanzstunde und, wie er annahm, wahrscheinlich auch den Rest des bescheuerten Tanzkurses, würde sich die alte Schachtel von ihm fernhalten.

* * *

„Hi! Wie war's?" Maeve hatte schon auf ihre Eltern gewartet und stand nun neugierig im Flur.

„Frag' nicht!", blaffte ihr Vater sie an und ging in die Küche zum Kühlschrank, um sich ein Bier zu holen. Doch was er sah, ließ seine Laune endgültig auf den Tiefpunkt rutschen. Er hatte vergessen, sich sein geliebtes Stout zu besorgen und im Kühlschrank lag nur dieses ekelhaft süßliche mexikanische Gebräu. Er knallte lautstark die Kühlschranktür zu.

Seine Frau rollte wortlos mit den Augen, als ihre Tochter sie ansah, um eine Antwort zu bekommen.

„Ich hab' dir ja gleich gesagt, dass das eine blöde Idee ist, Mum", flüsterte sie. „Vielleicht solltest du das nächste Mal ohne ihn hingehen. Auf der Homepage der Tanzschule steht, dass man auch alleine teilnehmen kann und sie einem dann einen Tanzpartner organisieren."

In den Augen ihrer Mutter blitzte es auf. „Du bist genial, Maeve", flüsterte sie und gab ihrer Tochter einen Kuss auf die Wange.

Maeve war ein wenig perplex. Sie hätte nicht gedacht, dass ihre Mutter so schnell die Flinte ins Korn werfen würde. Normalerweise hatte sie mehr Kampfgeist. Hatte sie Dad wirklich derart blamiert? Doch als sie ins Wohnzimmer blickte, wo sich ihre Mutter neben ihren Vater auf's Sofa gesetzt hatte und auf ihn einredete, wusste sie, wie der Hase lief. Sie ging leise einen Schritt in den Flur zurück und lauschte. Ihr Vater hatte den Ton des Fernsehers auf lautlos gestellt, sodass sie die Unterhaltung einwandfrei hören konnte.

„Du hast wirklich alles gegeben, Sam. Ich bin wirklich stolz auf dich! Aber ich sehe ja, wie du leidest. Beim Hinausgehen hat mir Mrs Martinez angeboten, dass ich auch mit ihrem Sohn tanzen könnte. Er muss ein sehr guter Tänzer sein und sie meinte, ich habe Potential und er potencia, was auch immer sie auch damit sagen wollte.“

MacGregor versteifte sich merklich. Nun kämpften zwei Seelen in seiner Brust. Einerseits hatte ihm die alte Schachtel eine Möglichkeit offeriert, aus der Nummer mit dem Tanzkurs herauszukommen, ohne dass seine Frau sauer auf ihn war. Doch andererseits sollte dafür seine Frau womöglich mit einem Latin Lover tanzen. Er schätzte das Alter der Martinez' auf Ende sechzig. Dann war der Sprössling wahrscheinlich in Erins und seinem Alter. Das gefiel ihm überhaupt nicht! Nein, diese Vorstellung war ihm sogar entschieden zuwider!

„Ihr Sohn soll übers Parkett wackeln, mit wem er will! Aber mit dir bestimmt nicht! Du bist meine Frau und ich werde mit dir tanzen! Das werde ich dieser Martinez am Montag auch sagen!“ Wie gerne hätte er jetzt einen kräftigen Schluck anständiges Bier genommen!

„Nein, nein. Das brauchst du nicht. Sie hat mir ihre Nummer gegeben, damit ich ihr schreibe und sie ihrem Sohn wegen dem nächsten Kurs Bescheid sagen kann, ob sie ihn braucht oder nicht. Ich tippe ihr gleich eine

Nachricht, dass sich das erledigt hat." Sie erhob sich eilig und ging in ihr Arbeitszimmer, das ebenfalls im Erdgeschoss lag. Natürlich brauchte sie Mrs Martinez nicht zu kontaktieren. Schließlich hatte sie dieses Angebot nie ausgesprochen und Erin besaß nicht einmal Kenntnis davon, ob sie überhaupt einen Sohn hatte. Dafür kannte sie ihren Mann umso besser, dachte sie in sich hineinlächelnd und summte die Salsa-Melodie vor sich hin.

Wortlos setzte sich Maeve zu ihrem Vater auf das Sofa und reichte ihm einen Schokoriegel, den dieser dankbar entgegennahm. Auch sie hatte beschlossen, sich von ihrem Taschengeld einen kleinen, geheimen Vorrat anzulegen. Und ihr Vater sah aus, als könnte er nicht nur Kohlenhydrate, sondern auch Endorphine gebrauchen.

XI

Am nächsten Morgen rief Pat auf der Wache an und bat darum, dass sie jemand von zu Hause abholte. Selbst fahren konnte sie noch nicht, aber sie wollte wieder zur Arbeit kommen. Fox war losgefahren, um den Sergeant und die Ordner zu chauffieren.

MacGregor glich derweil die Liste mit den fünf Stipendiaten mit der kompletten Übersicht über die Schülerschaft ab. Alle fünf Namen tauchten auf.

Vorsichtshalber ließ er sich noch mit dem Schulleiter verbinden. Nach einem kurzen Gespräch legte er auf und lehnte sich in seinem Schreibtischstuhl zurück. Jones kannte alle fünf Stipendiaten persönlich, da sie extra Förderunterricht in der englischen Sprache bekamen und er diesen selbst gab. Er hatte zwar nicht die Fakultas für das Fach, aber die eigene Muttersprache als Fremdsprache zu unterrichten, war ohnehin etwas ganz anderes als normaler Englischunterricht für *native speakers*. Damit konnten sie wohl die *Mörder-Ahoi-Theorie* vergessen. Es gab de facto nicht weniger Stipendiaten als angegeben. Demzufolge konnte niemand die Studiengebühren für einen sechsten, siebten oder mehr Schüler in die eigene Tasche abzweigen.

Als Pat Taylor auf Krücken in sein Büro hereinhumpelt kam, am verletzten Fuß trug sie nur eine Wollsocke über einer Schiene, berichtete er ihr von seinen Recherchen.

„Ich konnte leider auch keine Unregelmäßigkeiten finden. Die Kassenprüfung ist einwandfrei und die Studiengebühren für die fünf Stipendiaten gehen jeweils am Tag vor Beginn eines jeden Terms ein. Die Stiftung bezahlt immer pünktlich. Ich denke, es macht keinen Sinn, auch noch die Ordner aus den Jahren davor zu sichten."

„Das sehe ich auch so", erwiderte der Inspector, doch irgendetwas arbeitete noch in seinem Hinterkopf. Irgendeine Option hatte er übersehen, da war er sich sicher. Kurze Zeit später fiel es ihm wieder ein und er ging zu Taylor hinaus, die sich an ihren Schreibtisch gesetzt und einen zusätzlichen Stuhl herangezogen hatte, um ihr verletztes Bein daraufzulegen.

„Ich weiß, dass das ein vergleichsweise marginaler Posten in der Finanzaufstellung sein wird, aber haben Sie bei Ihrer Durchsicht auch auf die Ausgaben für die Ausrüstung und dergleichen für die Stipendiaten geachtet?"

„Ja, das habe ich. Die Summen variieren, da wohl immer mal wieder etwas ersetzt werden muss oder die Jugendlichen aus ihren Sachen herauswachsen. Aber es waren immer die Namen der Schüler angegeben und die Ausgaben sind tatsächlich nicht so unerheblich. Aber ich konnte keine übertriebenen Rechnungen ausmachen und für mehr als fünf Personen wurde auch nicht eingekauft", seufzte sie, denn auch ihr war klar, dass dies das endgültige Aus für ihre schöne *Mörder-Ahoi-Theorie* war.

„Vielleicht haben wir die Sache von einer ganz falschen Seite her angepackt, Sergeant", meinte nun der Inspector, der ihre Niedergeschlagenheit bemerkt hatte. „Wir haben zwei Opfer, die ein Paar waren, was aber nur sehr wenige Menschen wussten, weil sie dies geheim halten wollten. Oder zumindest vermuten wir das. Wenn nun aber eine Person Kenntnis von dieser Liaison hatte und aus irgendwelchen Gründen nicht damit einverstanden war und die WhatsApp-Nachrichten gar nichts mit den Morden zu tun hatten?"

„Wenn dem so wäre", spann Pat den Faden weiter, „steckte aber kein wirkliches Liebesmotiv dahinter, sonst hätte die Person ja nur einen Partner umgebracht und hätte den anderen für sich gewinnen wollen. Oder aber es war Rache, gesetzt den Fall, dass die Person von einem der beiden abgewiesen wurde und ihr Heart oder Gibbs ihr vorgezogen wurde. Dann wäre es sinnig, beide zu töten"

„Vollkommen richtig, Taylor. Und wo könnten wir noch nach einem Motiv suchen?"

Der Sergeant überlegte eine Weile. „Cui bono? Wenn die beiden vielleicht vorgehabt hätten, heimlich zu heiraten, um ihrer Beziehung eine rechtliche Grundlage zu geben. Im Fall der toten Lehrerin wird wohl die Tochter erben. Gibbs hatte anscheinend keine näheren Verwandten. Ein entfernter Verwandter also? Vielleicht sogar einer, der in Hillside arbeitet und den der Tote gar nicht kannte, weil er ihn schon lange nicht mehr oder eventuell noch nie in seinem Leben gesehen hat?"

„Das ist zwar ein wenig arg weit hergeholt, Sergeant, aber dennoch möglich. Finden Sie doch bitte heraus, ob Mr Gibbs einen Anwalt hatte und ob er dort ein Testament hinterlegt hat. Danach sehen Sie in den Daten nach, die uns die Spurensicherung von seinem Laptop geschickt hat. Da müssten die Bankdaten dabei sein. Fragen Sie beim entsprechenden Institut an, wie hoch sein Vermögen ist. Einen richterlichen Beschluss brauchen wir in dem Fall nicht. Aber es kann sein, dass Sie einen Constable vorbeischicken müssen, damit er persönlich vorspricht. Sie selbst sollten sich schonen. Auch ein Schreibtischtäter kann Erfolge erzielen!“, versuchte er sie aufzumuntern, doch sie zog eine Schnute.

„Und was machen Sie?“

„Ich werde mich noch einmal mit der Tochter von Mrs Heart unterhalten und außerdem werde ich dem Farmer, dem Sandkastenfreund von Mrs Heart, einen Besuch abstatten. Mir ist gerade eingefallen, dass er wusste, was Gibbs unterrichtete. Das erscheint mir verdächtig.“

Pat stutzte und sah ihn fragend an.

„Denken Sie nach, Taylor, denken Sie nach“, spornte er sie an und verließ die Wache.

* * *

„Ach, dann sind Sie wohl vom Fahrservice des Reisebüros! Kommen Sie rein, junger Mann. Nur zu!“

Der Inspector schaute Mrs Barrymoore, die ihn eingelassen hatte, verwirrt an und wollte schon korrigierend etwas erwidern, doch sie war nicht zu bremsen und plapperte munter weiter.

„Ach, was bin ich aufgeregt! Ich war ja schon ewig nicht mehr auf Reisen! Ich weiß zwar nicht, warum diese Frau so viel eingepackt hat und wo es hingehen soll, habe ich auch vergessen, aber das ist ja egal. Hauptsache mal wieder ein Tapetenwechsel. Ich glaube, ich reise per Schiff. In ein Flugzeug steige ich bestimmt nicht, nein, da setzte ich keinen Fuß hinein. Ich bin in meinem Leben noch nie geflogen und das wird auch so bleiben. Oder bin ich doch schon einmal geflogen? … Diese Frau meinte auch, ich solle mir die Familienfotos von der Wand mitnehmen. Hat man da noch Töne? Ich schleppe doch keine gerahmten Fotos im Reisekoffer mit mir herum. Und dann hat sie noch gemeint, ich solle ein, zwei meiner kleineren Lieblingsmöbelstücke aussuchen. Anscheinend sind die Kabinen an Bord jetzt größer als ich in Erinnerung habe … Aber ich gehe doch davon aus, dass sie vollmöbliert und gut ausgestattet sind. Ich weiß nicht, diese Frau erscheint mir doch ein wenig töricht. Ich muss noch mit Rosemary reden. Ich hoffe, sie kommt hier alleine zu Rande. Sie kann mich nicht begleiten, sie hat ja noch keine Ferien. Die Koffer stehen übrigens oben, in meinem Schlafzimmer. Die Tür steht offen. Ich muss mein Mädchen suchen, Sie entschuldigen mich", damit ließ sie den überrumpelten Inspector im Flur stehen und eilte ins Wohnzimmer.

„Grandma, ich habe dir doch gesagt, dass Mummy

tot ist! Ich bin Amy, deine Enkelin!", hörte MacGregor die junge Frau entnervt sprechen. Er beschloss, ihr Beistand zu leisten und zückte seinen Dienstausweis, ehe er ins Zimmer ging.

„Mrs Barrymoore …"

„Sie sind ja immer noch unten! Ich habe Ihnen doch gesagt, dass mein Gepäck oben steht. Sie brauchen mir keinen Ausweis zu zeigen, ich glaube Ihnen schon, dass Sie vom Reisebüro sind", räumte sie ein, als der Inspector ein wenig hilflos mit seinen Papieren wedelte, „und nun aber hurtig junger Mann, schließlich bezahle ich Sie ja auch!"

Amy Heart zuckte entschuldigend mit den Schultern, während sie den Polizisten hilflos anblickte. Dann setzte sie sich resigniert auf einen Sessel und schwieg. Sie hatte keine Kraft mehr.

„Ich bin von der Polizei!", sagte MacGregor nun sehr betont, lauter als gewöhnlich und sehr langsam.

„Und ich bin nicht schwerhörig! Was soll das? Wollen Sie etwa meine Koffer durchsuchen?"

MacGregor war versucht, sich ebenfalls zu setzen oder vielmehr hätte er am liebsten das Haus verlassen. Diese alte Dame war anstrengend, extrem anstrengend. Es war hohe Zeit, sie in einer professionellen Einrichtung unterzubringen. Doch er nahm sich zusammen und machte noch einen Anlauf.

„Ich wollte nicht zu Ihnen, Mrs Barrymoore", meinte er nun knapp und wandte sich gleich der jungen Frau zu, ehe die betagte wieder etwas einzuwenden hatte. „Wussten Sie, dass Ihre Mutter und Mr Gibbs ein Paar waren?", fragte er Sie freundlich, aber eindringlich.

Sie nickte. „Ja, Mutter hat es mir vor etwa einem Jahr erzählt. Ich konnte Ernest gut leiden. Wir waren ein paar Mal gemeinsam zum Dinner, allerdings immer in einem Restaurant. Ich denke, Sie können sich schon vorstellen, warum."

Nun nickte der Ermittler. Er hätte wohl unter diesen familiären Umständen wahrscheinlich auch lieber auswärts gegessen.

„Gab es Heiratspläne?"

„Nicht, dass ich wüsste. Aber vielleicht, wenn sie länger zusammen gewesen wären …"

Sie begann leise zu schluchzen und nahm ein Papiertaschentuch aus einer Box, die neben ihr auf einem Beistelltischchen stand.

Der Inspector hatte im Wesentlichen das erfahren, was er wissen wollte, doch es erschien ihm herzlos, sich jetzt zu verabschieden und die Trauernde einfach so sitzen zu lassen. Doch Mrs Barrymoore, die bis jetzt tatsächlich geschwiegen hatte, schaltete sich nun wieder ein.

„Nun sehen Sie, was Sie angerichtet haben! Verschwinden Sie aus meinem Haus!", herrschte sie ihn an.

* * *

„Um den alten Gibbs ist es nicht schade, aber die Heart mochte ich eigentlich ganz gerne", meinte der fünfzehnjährige Junge namens Butch ein wenig herzlos zu seiner Freundin Emmy.

„So etwas sagt man nicht, Butch!", ermahnte sie ihn.

Sie saßen im Aufenthaltsraum gemeinsam auf einem großen Sitzsack und er hatte den Arm um sie gelegt. So etwas war am College nicht gerne gesehen, aber im Moment war keiner der Lehrer in Sicht, der die beiden ermahnen konnte.

„Aber es stimmt doch. Dieser Gibbs war ein fieser Drecksack. Hat mit ‚E's nur so um sich geworfen und erklären konnte er überhaupt nichts."

„Nun ja, du bist ja auch nicht unbedingt ein Mathegenie, also bleib fair. Mir hat er immer ein ‚C' gegeben."

„Du bist ja auch ein Mädchen! Die hat er immer besser bewertet."

„Red' keinen Stuss!"

„Das stimmt aber. Du brauchst nur die anderen Jungs zu fragen!", insistierte Butch.

„Nur, weil ihr fauler seid, werden die weiblichen Schüler also bevorzugt! Das ist Bullshit und das weißt du auch!" Emmy versteifte sich und war kurz davor, vom Sitzsack aufzustehen.

„Gut, du lernst mehr als ich, zugegeben. Aber eine Fünf habe ich wirklich nicht verdient. Du wirst schon sehen, bei Gibbs Nachfolger bin ich bestimmt besser. Wetten?"

Sie nickte. „Um was?"

„Mach du einen Vorschlag", forderte sie der Junge auf.

„Kinokarten, und zwar Loge", kam es prompt, „und den Film suche ich aus, so oder so, egal wer gewinnt!"

* * *

Damit hatte Pat nicht gerechnet. Das Vermögen von Ernest Gibbs war weder sonderlich hoch noch hatte er Schulden, aber dass er eine Erbin hatte, und zwar eine Ehefrau, war dem Sergeant neu. In der Schule wussten sie nichts von dieser Ehe. Alle waren der Meinung gewesen, dass Mr Gibbs Junggeselle war. Scheinbar lebte das Ehepaar schon ziemlich lange getrennt. Seltsam, dass sie sich nicht hatten scheiden lassen, dachte Pat. Sie mussten die Witwe über den Tod ihres Mannes, getrennt lebend hin oder her, so schnell wie möglich informieren. Mrs Gibbs lebte in Edinburgh. Sie würde die dort zuständigen Kollegen anrufen und sie bitten, der Frau die Nachricht zu überbringen. Wenn die Witwe daraufhin noch vernehmungsfähig war, wovon sie allerdings wegen der jahrelangen Trennung ausging, dann sollten sie die Kollegen auch gleich noch befragen. Sie griff zum Hörer und ließ sich mit der zuständigen Wache in der schottischen Hauptstadt verbinden.

* * *

MacGregor ging über die Straße zur Farm von Mr Ward. Das Bauernhaus war ein massiver Bau aus Backsteinen und Fachwerk. Zudem gab es zahlreiche

Nebengebäude, Ställe, Scheunen und Geräteschuppen. Auf dem Hof liefen die Hühner und Gänse frei herum und ein ziemlich alter Hund trottete auf den Inspector zu. Er war nicht angeleint, aber MacGregor hatte keine Angst vor dem Tier. Der kniehohe Mischling mit Schlappohren zeigte keinerlei Angriffslust, sein zotteliger Schwanz wedelte leicht und er schnüffelte an den Beinen des Polizisten. Nachdem seine Neugierde gestillt war, machte er kehrt und ließ sich vor dem Tor der Scheune nieder, anscheinend sein Stammplatz, da dort eine alte Pferdedecke auf dem Boden lag.

„Ach, Tag, Inspector! Was verschafft mir die Ehre?"

Der Farmer kam in Gummistiefeln aus dem Schweinestall. Zumindest ordnete MacGregor die Laute und Gerüche, die aus dem Inneren des Verschlags kamen, diesem Vieh zu. „Guten Tag auch, Mr Ward. Ich bin hier, weil mir etwas aufgefallen ist, das Sie uns letztens erzählt haben. Woher wussten Sie, dass Mrs Heart und Mr Gibbs unterschiedliche Fächer unterrichten?"

„Ach, wenn es nur das ist. Das ist schnell erklärt, Inspector. Ich hab' Rosie dann und wann was am Haus gerichtet. Nur kleinere Reparaturen am Dach, wenn der Abfluss verstopft war und so was eben. Da hat sie mal erwähnt, dass ihr Freund zwar in Null Komma nichts ihren Wasserverbrauch ausrechnen könnte, aber in Sachen Handwerk zwei linke Hände hätte. Ein typischer Lehrer eben, wenn Sie mich fragen. Kennengelernt habe ich ihn aber nie."

„Sind Sie verheiratet, Mr Ward?"

„Ich war es, bin nun aber geschieden. Meine Frau

ist mir im wahrsten Sinne des Wortes davongelaufen. Schon vor fünfzehn Jahren. Aber nicht, weil ich so ein schlechter Ehemann war. Sie hatte die Arbeit auf der Farm satt. Als Landwirt hat man ja praktisch nie frei und das Vieh muss zwei Mal am Tag gefüttert werden. Dann noch das Melken, das Ausmisten und Felder habe ich schließlich auch. Das wurde ihr schnell zu viel. Sie war zwar vom Land, doch sie war nicht auf einem Hof aufgewachsen. Sie wusste vorher wohl nicht so recht, worauf sie sich da einließ. Nun, ich kann es ihr nicht verdenken. Hatte sie wirklich gerne, aber was soll man machen?"

„Und mit Ihrer Nachbarin verband Sie stets nur reine Freundschaft?"

„Ach, Sie wollen wissen, ob ich mal was mit Rosie hatte?" Er grinste breit. „Nein, Inspector. Das ging sich nicht zusammen. Meine Frau war nicht gebildet und die konnte es schon nicht auf einer Farm aushalten. Was sollte dann eine Lehrerin hier wollen. Und außerdem hat ja Rosies Mann bis vor fünf Jahren noch gelebt und die beiden waren wirklich glücklich verheiratet."

In diesem Moment fuhr ein kleiner Kombi in den Hof und ein älteres Ehepaar stieg aus.

„Ah, Kundschaft. Sie müssen mich entschuldigen, Inspector. Die Leute sind Stammkunden, die darf man nicht warten lassen", sagte Ward und machte Anstalten, sich auf das Paar zuzubewegen.

„Was verkaufen Sie denn?", fragte MacGregor neugierig.

„Ach, ich habe einen kleinen Hofladen. Alles Mög-

liche: Eier, Käse, Butter, aber gestern war Schlachttag",
fügte er noch hinzu, ehe er dem Inspector zum Abschied zuwinkte.

Doch MacGregor hatte Blut geleckt. Er beschloss dem Farmer, der mit den Besuchern in einem der kleineren Nebengebäude verschwand, zu folgen.

XII

„Mrs Gibbs hat den Tod ihres Mannes weder sonderlich bedauert noch hat sie sich darüber gefreut. So zumindest hat ihre Reaktion auf die Nachricht für den Kollegen aus Edinburgh ausgesehen. Sie war lediglich schockiert darüber, dass man ihn umgebracht hatte. Das hatte er ihrer Meinung nach nun doch nicht verdient. Sie haben sich nicht scheiden lassen, weil sie in einer katholischen Einrichtung arbeitet und geschiedene Angestellte sind dort nicht gerne gesehen. Ihren Angaben zufolge wäre zwar erst eine Wiederverheiratung ein Kündigungsgrund, doch sie wollte es nicht darauf ankommen lassen. Und wenn sie arbeitslos gewesen wäre, hätte ihr Gibbs Unterhalt zahlen müssen. Deshalb haben sie sich darauf geeinigt, offiziell verheiratet zu bleiben und sind vor zwanzig Jahren getrennte Wege gegangen. Warum die Ehe in die Brüche ging, wollte sie allerdings nicht sagen und die Kollegen haben auch nicht insistiert, da es schon so lange her ist und wahrscheinlich nichts mit unserem aktuellen Fall zu tun hat", fasste Sergeant Taylor knapp die Befragung der Edinburgher Kollegen für MacGregor, der zur Wache zurückgekehrt war, zusammen.

Nachdem auch er nichts Neues oder nichts Wichtiges herausgefunden hatte, verbrachten die beiden den

Rest des Tages damit, Berichte zu verfassen. Diese leidige Angelegenheit hatten sie schon lange genug hinausgezögert. Seinen Einkauf von Mr Wards Hofladen hatte er im Kühlschrank der Wache zwischengelagert, damit er nicht verdarb.

Am Abend kam MacGregor mit einem Karton beladen nach Hause. „Erin, Schatz!", rief er seine Frau herbei, als er die Lebensmittel aus eigener Produktion auf die Anrichte in der Küche gestellt hatte.

„Was hast du denn da alles gekauft?", wunderte sich seine Frau, denn ihr Mann kaufte normalerweise nie Lebensmittel ein – mit Ausnahme vielleicht von Getränken.

„Ich war wegen des Falles auf einer Farm und gestern war Schlachttag. Das Fleisch soll hervorragend sein und noch dazu war der Preis wirklich vollkommen in Ordnung", verteidigte er sein Handeln. „Ich habe magere Schweinekoteletts, ein Filet und sogar ein Brathühnchen gekauft – ich weiß ja, dass du momentan eher auf Geflügel setzt", erklärte er stolz.

„Ja schon, aber das können wir nicht alles gleich verbrauchen, so viel, wie du da gekauft hast. Wir müssen etwas einfrieren", warf Erin ein.

„Sicher, Schatz, ich bin auch nicht davon ausgegangen, dass du alles auf einmal kochst. Aber morgen wäre doch ein Brathähnchen nicht schlecht mit deiner guten Sauce und einem Kartoffelauflauf. Oder was meinst du?"

Er schaute seine Frau derart flehentlich an, dass sie einwilligte.

Gut, dann würde es morgen mal wieder etwas ganz Normales mit Kohlenhydraten zu essen geben, freute sich der Inspector.

* * *

Am Sonntag beschloss MacGregor, nicht mehr bis Montag zu warten, um Mr Quinn zu befragen. Er war am Donnerstag umgekippt und würde jetzt bestimmt schon so weit auf dem Damm sein, um ihnen die gewünschten Antworten geben zu können. Der Inspector fuhr zusammen mit Pat, die darauf bestand, schon wieder fit genug zu sein, um ihn begleiten zu können. Ihre Krücken musste sie jedoch noch immer benutzen.

Mr Quinn lebte am Rande eines kleinen Marktfleckens, der etwa fünf Autominuten vom College entfernt war, in einer kleinen Villa. Die kurze, gekieste Auffahrt führte sie durch einen schönen, parkähnlich angelegten Vorgarten mit in verschiedenen Formen geschnittenen Buchshecken. Einige Skulpturen standen dazwischen und es gab zahlreiche, bunte Blumenrabatten, in denen im Moment die Narzissen, die Märzenbecher und die Hyazinthen um die Wette blühten. Der Religionslehrer war scheinbar ein passionierter Gärtner, mutmaßte MacGregor, der in puncto Gartengestaltung nur das machte, was Erin ihm auftrug. Er hatte weder Interesse am Gärtnern noch ein sonderliches Talent. Im Übrigen war ihr Reihenhaus-Garten verglichen mit diesem hier ohnehin nur ein Handtuch groß.

Der Inspector parkte den Dienstwagen direkt vor der Haustür und stieg aus, um seinem Sergeant mit den Krücken zu helfen. Er hielt sie ihr hin, als sie sich aus dem Sitz geschält hatte. Dann gingen die beiden zur Tür und er klopfte mit dem gusseisernen Türklopfer drei Mal laut an. Eine Frau mittleren Alters öffnete den beiden Beamten augenblicklich. Der Inspector zeigte ihr seinen Dienstausweis, Pat verzichtete darauf, da sie sich stützen musste, und er stellte sie beide vor.

„Oh, das tut mir leid, Sir. Mr Quinn hat sich wieder zur Ruhe begeben. Er ist heute Morgen aufgestanden, hatte dann aber wieder einen seiner Migräneanfälle. Ich fürchte, er ist derzeit außer Gefecht. Es würde Ihnen nichts nützen, wenn ich ihn aufweckte, bedaure."

„Kommt er dann morgen überhaupt zur Schule?", wollte nun Pat wissen, die ein wenig verärgert war, dass sie den Weg umsonst gemacht hatten, da der Herr ruhte. Männer mit Migräne waren ihr suspekt. Sie hatte mal einen Freund gehabt, der jedes Mal, wenn sie zu einer Party oder Ähnlichem wollte, einen derartigen Anfall bekam. Wie sich herausstellte, war er gar nicht chronisch krank, sondern nur menschenscheu und hasste Veranstaltungen, bei denen viele Personen anwesend waren.

„Das dürfen Sie mich nicht fragen, ich bin lediglich seine Haushälterin", bemerkte die Frau nüchtern, aber nicht unfreundlich.

Sie verabschiedeten sich und gingen zum Wagen zurück.

„Dieser Quinn ist wirklich ein ziemliches Pflänzchen", bemerkte Pat, als sie wieder im Auto saßen. Der Inspector grunzte lediglich zur Bestätigung etwas, das nach ‚Simulant' klang und sie fuhren schweigend wieder zur Wache.

Am Nachmittag rief ihn die Leiterin des Kriseninterventionsteams an. „… Es hat sich nur ein Schüler bei uns gemeldet. Ein Pakistani namens Rashid. Den Nachnamen habe ich notiert, falls Sie ihn brauchen, aussprechen kann ich ihn nicht. Der Junge hat gemeint, dass Mrs Heart ihn etwas gefragt hat, das er nicht verstanden hat. Sie wollte wissen, wie er von einem Vorort von Islamabad, dessen Namen ich vergessen habe, jedenfalls lebt seine Familie dort, zum Flughafen kommt. Er sagte: „Na mit dem Taxi" und die Lehrerin wollte wissen, ob es immer das gleiche Taxiunternehmen wäre. Er sagte, dass er keine Ahnung habe, und sie schien mit der Antwort zufrieden. Er ist recht schüchtern und hat sich nicht getraut nachzufragen, aber ihm kam die Sache komisch vor, zumal Mrs Heart kurz darauf verstarb. Ich bin mir sicher, dass er nicht mehr weiß … Ja, bitte, keine Ursache. Wiederhören!"

MacGregor ging zu seinem Sergeant hinaus und gab den Inhalt des Gesprächs wieder.

„Und meinen Sie, dass das was zu bedeuten hat?", stutzte Pat, die sich keinen Reim auf die Angelegenheit machen konnte.

„Ehrlich gesagt, im Moment nicht. Aber der Junge ist einer der Stipendiaten, die auf der Liste stehen. Ihnen werden pro Schuljahr zwei Flüge nach Hause bezahlt. Aber ich sehe nicht, wo man da etwas Illegales drehen könnte und warum das Taxiunternehmen, das den Schüler holt, von Belang sein soll. Meinen Sie, dass es möglich ist, an den Flügen etwas durch kurzfristiges Umbuchen auf einen Last-Minute-Flug etwas zu verdienen?"

„Schon, aber ob das rentabel ist? Ich persönlich glaube nicht, dass das der Mühe wert ist", entgegnete Taylor.

„Heute ist Sonntag, lassen Sie uns Schluss machen. Ich werde Sie nach Hause fahren. Ich habe eine Verabredung mit einem großen und hoffentlich saftigen Bauerngockel."

* * *

Am Montag war Mr Quinn wieder so weit wiederhergestellt, dass er zum Unterricht kommen konnte. Taylor hatte im Sekretariat angerufen und sich danach erkundigt, nicht dass sie wegen des Mannes schon wieder müßig in der Gegend herumgurkten. Sie hatten sich für die Stunde nach dem Lunch angekündigt und die Sekretärin gebeten, dem Lehrer Bescheid zu geben, dass er sich für diese Zeit zu ihrer Verfügung hielt. Der Inspector hielt es zudem für angezeigt, zusätzlich noch die fünf anderen Stipendiaten zu befragen, ob Rosemary Heart sie ebenfalls beiseite genommen hatte.

* * *

„Entsetzlich ist das alles, einfach entsetzlich. Und wir

müssen hier weitermachen, als sei nichts geschehen! Meine liebe Mrs Meyers hat mir schon berichtet, dass Sie mich gestern aufsuchen wollten. Ich muss sagen, mir ging es gar nicht gut. Ich hätte Sie unmöglich empfangen können!" Dabei setzte der Mann eine Leichenbittermiene auf und fuhr sich mit der Hand theatralisch über die Augen, in denen sich tatsächlich Wasser gesammelt hatte, wie Pat erstaunt feststellte.

Der Gute hatte wirklich eine Gabe, sich in etwas hineinzusteigern. Jetzt schniefte er auch noch! Sie war versucht, ihm ein Taschentuch zu reichen, entschied sich dann jedoch dagegen. Das wäre denn doch übertrieben. Der Mann sollte sich endlich zusammennehmen! Anscheinend dachte ihr Chef das Gleiche, denn er setzte in einem etwas schärferen Tonfall an.

„Mr Quinn, können Sie sich vorstellen, warum jemand Mrs Heart und Mr Gibbs nach dem Leben trachtete?"

Erschrocken schlug der Mann die Hand vor den Mund, ehe er fahrig antwortete. „I…ich? Wa…warum ausgerechnet ich?", stammelte er und in seinem Gesicht bildeten sich augenblicklich rote Flecken.

MacGregor hatte Angst, dass Quinn erneut zu hyperventilieren begann und fuhr in gemäßigtem, beinahe entschuldigendem Timbre fort.

„Wir haben diese Frage jedem Ihrer Kollegen gestellt, Sir. Sie werden nicht verdächtigt, irgendetwas mit der Sache zu tun zu haben. Uns geht es lediglich darum, die beiden Morde aufzuklären und vielleicht haben Sie ja etwas Wichtiges gehört oder gesehen, ohne sich dessen bewusst zu sein. Also frage ich Sie noch einmal: Können Sie sich vorstellen, warum jemand die beiden Opfer hätte töten wollen?"

Der Mann schien sich ein wenig beruhigt zu haben und seine Atmung ging nun nicht mehr stoßweise. Er blickte auf seine Hände hinab, die gefaltet auf seinem Schoß lagen und die er permanent knetete, ehe er sich zu einer Antwort durchrang: „Ich weiß nicht, ob es etwas zu bedeuten hat, aber Rosemary und Ernest haben sich letzte Woche ziemlich heftig mit Lawrence Gilbert gestritten. Aber ich habe mich bei der Sache bedeckt gehalten."

„Um was ging es bei dem Streit?"

„Nun ja, eigentlich war es eine Bagatelle, aber der Stiftungsrat meinte, meiner Meinung nach zu Recht, dass sich die Stipendiaten auf zwei Sportarten, die sie neben dem regulären Schulsport betreiben, festlegen sollten. Die Ausrüstung, die ihnen bezahlt wurde, ist sehr teuer und die meisten der Jugendlichen nehmen tatsächlich nur an bestimmten Kursen teil. Also liegen beispielsweise die teuren Golfschläger oder sonstiges nur in den Zimmerecken herum und stehen sich quasi kaputt. Rosemary und Ernest unterstützten den Vorschlag der Stiftungsräte, aber Lawrence war strikt dagegen. Er meinte, so nehme man den Schülern die Möglichkeit sich frei zu entwickeln, wenn sie sich schon vorab für zwei Disziplinen entscheiden müssten. Er war ja beim Militär, ich glaube zuletzt in Afghanistan, und er ist ein Fan von sämtlichen Formen der Leibeserziehung. Wie gesagt, ich fand, Rosemary und Ernest waren im Recht, aber ich bin von Natur aus ein eher konfliktscheuer Mensch und habe mich nicht an dieser Diskussion beteiligt."

MacGregor befand im Stillen, dass das auch gut so war. Schließlich hatte der Kerl schon genug mit seiner eigenen Psyche zu kämpfen.

„Können Sie sich vorstellen, was an der Taxifahrt eines Stipendiaten zum Flughafen interessant sein könnte?", fragte der Inspector wie nebenbei.

„Keine Ahnung, warum?", erwiderte er erstaunt.

„Nicht so wichtig. Haben Sie sonst noch etwas beobachtet oder gehört, das uns nützlich sein könnte?"

Quinn dachte angestrengt nach, das sah man ihm an, doch dann schüttelte er nur mit dem Kopf. „Wissen Sie, ich kannte Rosemary und Ernest kaum. Um ehrlich zu sein, kenne ich niemanden aus dem Kollegium näher. Ich habe den Eindruck, dass man hier meiner Arbeit nicht die angemessene Wertschätzung entgegenbringt. Ich habe tatsächlich schon einmal mit dem Gedanken gespielt, die Schule zu wechseln. Doch die Anfahrtszeit nach Hillside ist nicht zu unterbieten und das Gehalt stimmt auch. Deswegen habe ich mich dagegen entschieden."

Pat, der MacGregor erzählt hatte, dass der Schulleiter hatte durchblicken lassen, dass Quinn häufig krank machte, dachte bei sich, dass der Mann selbst schuld an der geringen Wertschätzung hatte. Höchstwahrscheinlich mussten ihn die Kollegen häufig vertreten und so etwas kam in keinem Kollegium gut an. Wenn er sich zudem aus allen Konflikten heraushielt, bedeutete dies wahrscheinlich für viele, dass er kein Rückgrat hatte. Pat konnte sich gut vorstellen, warum der Mann nicht sonderlich beliebt war.

* * *

Mrs Heart hatte ansonsten tatsächlich den anderen Stipendiaten die gleiche Frage gestellt und die gleiche Antwort bekommen. Nur von der Schülerin aus Nordirland wollte sie nichts wissen. Bei keinem wollte sie mehr wissen und die anderen, außer Rashid, hatten dies auch nicht als seltsam empfunden oder zumindest hatten sie es nicht für nötig befunden, es die Polizei wissen zu lassen.

Pat hatte einen Einfall, als sie aus dem Speisesaal, in dem sie die Schüler nach dem Lunch, ebenso wie Mr Quinn befragt hatten, gingen. „Ich denke, wir sollten noch mit dieser Mrs Roberts sprechen. Schließlich war sie die einzige, mit der Mrs Heart so vertraut war, dass sie von ihrer Liaison mit Mr Gibbs wusste", erklärte sie ihren Gedankengang.

„Gute Idee, Sergeant!", lobte MacGregor sie und sie gingen die Stufen zum Sekretariat hinauf, um zu erfragen, wo sich die Lehrerin derzeit aufhielt. Pat allerdings hüpfte eher, als dass sie ging, denn die eine Krücke hatte sie unter den linken Arm geklemmt und hielt sich mit der rechten Hand am Geländer fest. Es war gerade Stundenwechsel und die Schüler strömten im Stockwerk unter ihnen aus den Räumen, um in andere zu wechseln. Der Geräuschpegel war schlagartig ange-

141

stiegen und die Rufe und lauten Unterhaltungen verstummten erst, als der Inspector die Tür zum Sekretariat hinter ihnen geschlossen hatte.

„Jane Roberts hat heute und morgen frei, Sir, tut mir leid. Sie ist eine Teilzeitkraft und arbeitet nur Mittwoch bis Freitag", klärte die Sekretärin die beiden auf.

„Könnten Sie uns bitte ihre Adresse geben?", fragte MacGregor, nachdem er auf einer seiner Listen gesehen hatte, dass die Lehrerin nicht im Hause wohnte.

„Oh ja, das kann ich, aber bei Mrs Roberts handelt es sich nicht um eine Adresse, sondern um drei", kicherte die Frau ein wenig aufgedreht. Scheinbar fand sie Gefallen daran, dass sie der Polizei so häufig unter die Arme greifen konnte.

Der Inspector zog eine Augenbraue nach oben und hakte nach: „Warum das?"

„Nun ja, Mrs Roberts ist ziemlich viel unterwegs. Sie arbeitet noch bei einer lokalhistorischen Gesellschaft unten in Stirling, wo sie ein Appartement hat, und außerdem ist neben ihrer Adresse im Nachbarort, ihrem Hauptwohnsitz, noch die Anschrift einer Art Wochenendhauses auf der Isle of Skye bei uns hinterlegt."

„Bitte geben Sie uns die Adressen und schreiben Sie uns auch ihre Handynummer sowie die entsprechenden Festnetznummern, sofern vorhanden, auf", bat der Inspector.

Pat hatte kurz darauf sämtliche Telefonnummern, die sie bekommen hatten, gewählt, doch es hatte niemand abgenommen. Wo es möglich war, hatte sie auf den Anrufbeantworter oder die Mailbox gesprochen und um Rückruf gebeten.

* * *

Er rannte, so schnell ihn seine Füße trugen. Egal wohin, nur weit, weit weg von dem Ort. Er hatte Angst, eingesperrt zu werden, für immer hinter Gittern leben zu müssen. Nein, falsch, er musste nach Süden, nach London, zum Flughafen. Er musste sich jetzt westlich halten, um zu der großen Straße zu gelangen. Dort würde ihn schon jemand mitnehmen. Hoffentlich! Er wusste nicht einmal, was ein Flugticket kostete. Hatte er überhaupt so viel Geld? Nein, das war unwahrscheinlich. Er hatte gerade mal dreißig Pfund Sterling, das würde im Leben nicht reichen. Verzweifelt überlegte er, während er rannte, als wären die Furien hinter ihm her. Dann musste er sich eben in London einen Job suchen und so lange arbeiten, bis er das Geld für den Flug zusammen hatte. Er war fleißig, er würde schon irgendwo unterkommen. Doch sie würden nach ihm suchen. Nach einem Mörder! Er war den Tränen nahe. Da vorne war die Straße. Endlich! Er machte am Straßenrand halt und gönnte sich eine kleine Verschnaufpause.

* * *

„Vielleicht sollten wir zunächst noch einmal Lawrence Gilbert befragen. Bis jetzt hat er uns seine Meinungsverschiedenheit mit Heart und Gibbs verschwiegen. Warum wohl?" Die Frage hatte der Inspector nur gedacht, dann aber unbeabsichtigt doch laut ausgesprochen.

„Das war doch dieser große, sportliche Kerl, der diesem Quinn gleich Erste Hilfe geleistet hat, oder nicht?", vergewisserte sich Pat, die bei der zweiten Befragung des Sportlehrers wegen ihrer Verletzung nicht dabei gewesen war.

MacGregor brummte unwirsch etwas Unverständliches, ging dann aber das kurze Stück, das sie sich vom Sekretariat entfernt hatten, zurück, um nachzufragen, wo Mr Gilbert gerade unterrichtete.

Der Sportlehrer war mit seiner Klasse im Wald hinter der Schule und erklärte den Kindern im Moment, wie man Regenwasser aus Blättern sammelte. Er unterrichtete gerade den Wahlkurs Bushcrafting und war damit in seinem Element.

„Denkt immer an die Dreierregel, Kinder! Drei Minuten ohne Luft, drei Tage ohne Wasser und drei Wochen ohne Nahrung und ihr seid tot! Das Tauwasser vom Laubwerk zu lecken, hilft euch im Ernstfall zu überleben!"

Verärgert stellte der Lehrer fest, dass seine bühnenwirksame Darbietung durch das Herannahen der beiden Polizisten, wovon einer auf Krücken durch den Wald stakte, unterbrochen wurde. Denn die Kinder hatten die Besucher bereits gesehen und deuteten untereinander tuschelnd mit den Fingern auf sie. Gilbert beschloss ihnen entgegenzugehen und befahl seinem Trupp, einstweilen Flüssigkeit in ihren Feldflaschen zu sammeln. Es hatte nämlich kurz zuvor geregnet.

„Inspector, Sergeant!", salutierte er beinahe, als er bei ihnen angekommen war.

„Mr Gilbert, entschuldigen Sie bitte die Störung", intonierte MacGregor in beabsichtigt kontrastiven Sing-Sang-Tonfall zur zackigen Begrüßung des Ex-Militärs. „Wir hätten da noch ein paar Fragen an Sie."

„Schießen Sie los, Mann!", erwiderte der Angesprochene leicht verärgert.

MacGregor beschloss die Befragung mit dem eher unverfänglichen Thema zu beginnen. „Mrs Heart hat die Stipendiaten, mit Ausnahme der Schülerin aus Nordirland, zu den Taxiunternehmen, die sie von zu Hause aus zum Flughafen bringen sollten, befragt. Sie wollte wissen, ob es immer das Gleiche war. Können Sie sich vorstellen, warum sie etwas Derartiges in Erfahrung hatte bringen wollen?"

„Keine Ahnung, aber vielleicht war das auch eine dieser dämlichen Sparmaßnahmen der Stiftung. Als ob eine Taxifahrt in Pakistan oder Afghanistan Unsummen kosten würde! Ich war in beiden Ländern stationiert, die karren einen für ein paar Pennys bis ans andere Ende der Welt!"

„Wo wir schon dabei sind, Mr Gilbert. Sie haben uns verschwiegen, dass Sie mit den beiden Mordopfern Meinungsverschiedenheiten hatten. Würden Sie uns diesbezüglich bitte aufklären?"

„Also hat Jonas Quinn gequatscht. Hätte ich mir ja denken können! Diese Memme weiß einfach nicht, wem seine Loyalität zu gelten hat! Dreht sich wie das Fähnlein im Wind, der Kerl, und wundert sich auch noch, dass ihn in Hillside kein Mensch mag!" Es hätte nicht viel gefehlt und er hätte vor den beiden Polizeibeamten auf dem Boden ausgespuckt, um seiner Ansicht die nötige Schärfe zu verleihen, doch im letzten Moment besann er sich eines Besseren und riss sich am Riemen.

„Und was hatte es nun mit dem Streit auf sich?", beharrte Pat Taylor.

„Och, das. Das war nur eine kleine Meinungsverschiedenheit. Deswegen bin ich bestimmt nicht in die Umkleide meiner Kollegin gegangen und habe mir die giftigen, indischen Perlen abgeschnitten. Ich wusste nicht einmal, dass die Dinger giftig sind. Ich habe nur zu Rosemary und Ernest gesagt, dass ich es nicht gutheiße, sich von vornherein auf nur zwei Sportarten festzulegen. Kinder entwickeln sich, spielen dort, wo sie herkommen, zum Teil mit gefüllten Saublasen Fußball oder üben klettern auf Müllbergen. Und außerdem hat die Stiftung wirklich genug Geld. Ich fand es ziemlich schäbig, dass man da bei den ärmsten Schülern ansetzte. Unter der richtigen Hand lassen sich die Bälger hier bei uns zu ansehnlichen Persönlichkeiten formen", meinte er überheblich.

Wenn sein Ansinnen so selbstlos wäre, wie er es eingangs beschrieben hatte, wäre Pat noch auf seiner Seite gewesen, doch so, wie er seinen Einsatz abschließend präsentiert hatte, empfand sie persönlich für diese westliche Hybris nur Abscheu. Sie wollte sich eben in jenem Moment zur Bezeichnung Bälger äußern, als das Handy des Inspectors klingelte.

„MacGregor! … Ja, wir sind noch auf dem Schulgelände. … Was? Wir kommen sofort!"

Alarmiert blickte der Sergeant ihn an.

„Wir müssen zum Herrenhaus zurück, der Junge, dieser Rashid, ist verschwunden!"

* * *

Mrs Bantry, die Hausmutter, sprach eindringlich auf ihren Mann ein. Er saß auf dem Sofa ihrer Wohnung, sie tigerte die Hände ringend im Wohnzimmer auf und ab. Den Posten als Hauseltern hatten sie nun schon beinahe zehn Jahre inne und waren bis dahin glücklich in Hillside gewesen.

„Wir müssen es der Polizei sagen, Norman. Es wird so oder so ans Licht kommen – und ehrlich währt am längsten", stieß sie überzeugter hervor, als sie es selbst war.

Ihr Mann schüttelte jedoch mit dem Kopf. „Das eine hat mit dem anderen überhaupt nichts zu tun! So würdest du nur den Verdacht auf uns lenken!" Er stand auf und wollte sie beruhigend an der Schulter fassen, doch sie wich ihm aus.

„Und wenn die beiden Geschichten nun doch zusammenhängen. Dieser Junge ist ebenfalls verschwunden und man sucht jetzt nach ihm. Genauso wie damals …"

„Daran darfst du gar nicht denken, Liebes. Rashid wird schon wieder auftauchen. Du weißt doch, was alles in den Köpfen von Teenagern herumspukt. Vielleicht hat er nur Liebeskummer und ist deswegen abgehauen", erläuterte Mr Bantry beschwichtigend.

„Ich hätte es damals, als wir uns für diese Stelle hier beworben haben, sofort der Internatsleitung erzählen müssen!"

„Und was bitte hätte das geändert? Glaubst du, sie hätten uns dann abgelehnt? Du warst doch schließlich die letzte, die etwas dafürkonnte. Und jetzt sorgst du sogar dafür, dass es den Kindern hier besser geht!"

„Wohl nur mit mäßigem Erfolg, wenn weiterhin Jungen verschwinden!", erwiderte sie gleichermaßen bissig und verzweifelt.

„Aber da kannst du doch nichts dafür, Sally! Glaub' mir, der Bub taucht schon wieder auf!"

„Es ist ja nicht nur das Kind", jammerte sie. „Du warst ja selbst dabei, als Mrs Heart zu uns gekommen ist und uns ausgefragt hat. Bist noch mit ihr weggegangen. Und jetzt ist sie tot! Man hat sie und Mr Gibbs vergiftet! Was, wenn wir die nächsten auf der Liste des Täters sind, Norman?" Sie begann zu schluchzen und ließ sich endlich von ihrem Mann in die Arme nehmen und trösten.

„Sch, sch", versuchte er sie zu beruhigen, „das wird sich alles einrenken. Du wirst schon sehen. Uns kann keiner etwas anhaben wollen, weil wir mit der Sache nichts zu tun haben. Uns droht keine Gefahr, weder vonseiten der Polizei, noch von der eines verrückten Mörders. Und jetzt leg' dich ein wenig hin, Sally. Du musst wieder herunterkommen." Er schob sie behutsam in Richtung ihres Schlafzimmers.

XIII

Die Person fühlte sich in die Enge getrieben. Sie musste handeln, und zwar schnell. Die Polizei war ihr auf der Spur. Die Beamten stellten die richtigen Fragen. Es würde nicht mehr lange dauern und sie würden die nötigen Antworten erhalten. Das musste verhindert werden!

* * *

„Er ist nach dem Lunch nicht zum Unterricht erschienen. Ich habe seinen Mitbewohner auf das Zimmer geschickt, um nachzusehen, ob er dort ist, aber Fehlanzeige. Auch bei der Krankenschwester und dem Hausvater haben wir nachgefragt. Keine Spur von dem Jungen", erläuterte Mr Fury in bekannt schleppendem und nasalem Tonfall, als sie ins Büro des Schulleiters gekommen waren.

„Und beim Mittagessen war er noch da?", drängte MacGregor, der im Hinterkopf hatte, dass bei Vermisstenfällen die ersten Stunden, wenn nicht gar Minuten zählten.

Der Lehrer zuckte mit den Schultern und machte ein dümmliches Gesicht.

„Holen Sie mir den Jungen, der mit Rashid auf dem Zimmer schläft", forderte ihn der Inspector auf und

Fury blickte fragend zum Schulleiter. An MacGregors Schläfe begann eine Ader gefährlich zu pochen und er bellte: „Sofort, Mann!"

Ohne auf das Placet seines Vorgesetzten zu warten, setzte sich der junge Mann nun doch in Bewegung. Glücklicherweise ging er schneller, als er sprach.

Butch Sinclair machte ein trotziges Gesicht, als er ins Direktorat eintrat. Pat überlegte, ob der schlaksige Blondschopf mit den wasserblauen Augen wohl schon öfter hierher zitiert worden war. Sie war sich dessen beinahe sicher, als sie den Jugendlichen, dem der Widerwille ins Gesicht geschrieben stand, länger betrachtete.

MacGregor sprach den Schüler, dessen Unwohlsein auch ihm nicht verborgen geblieben war, freundlich an. „Wir müssen zunächst wissen, wann du deinen Zimmernachbarn das letzte Mal gesehen hast", fragte er bewusst kleinschrittig.

„Beim Mittagessen war er nicht, hab' mich noch gewundert. Vorher war er mit im Computerraum beim IT-Unterricht. Danach ist er nicht mit in den Speisesaal. Ich weiß aber nicht, wann und wo er falsch abgebogen ist. Normalerweise haben wir immer zusammen gegessen."

„Hat er noch irgendetwas gesagt – oder kam er dir in letzter Zeit seltsam vor?", wollte der Inspector wissen.

„Nö, gesagt hat er nichts. Aber wenn Sie mich so fragen, glaub' ich, dass ihn was bedrückt hat. Rashid war sehr pflichtbewusst und dankbar, dass er hier sein konnte. Ich hatte irgendwie den Eindruck, dass er sich eingeredet hat, einen Bock geschossen zu haben. Sie wissen schon, irgendetwas, das er nicht hätte tun dürfen. Ich kann mir zwar absolut nicht vorstellen was, denn Rashid war immer voll korrekt, aber neulich nachts lag er im Bett und hat irgendetwas von Mrs Heart gefaselt und dass sie ihn was gefragt hätte, das er nicht verstanden hat. Ich wollt's genauer wissen, doch er hat mich abgewürgt. Und mehr weiß ich auch nicht. Ich schwör'!" Er blickte auf den Boden und wich dem Blick des Ermittlers aus.

„Bist du dir da wirklich sicher?", hakte Pat nach, die instinktiv fühlte, dass er nicht alles, was er wusste, preisgegeben hatte.

Butch druckste herum, wand sich förmlich, doch dann sah er ein, dass sie ihn durchschaut hatte und er nicht aus konnte. „Rashid meinte, dass er sich vielleicht eines, wie sagte er noch, ach ja, Versäumnisses schuldig gemacht hätte. Er drückte sich immer ein wenig altmodisch aus, müssen Sie wissen, er bekam ja auch Unterricht …", Butch war siedend heiß eingefallen, dass der Schulleiter, der den Stipendiaten Förderunterricht in Englisch gab, ja auch anwesend war und er hüstelte verlegen.

„Auf den Ausdruck kommt es jetzt nicht an, Junge. Was hat er denn sinngemäß gesagt?", insistierte der Inspector.

„Er wollte noch etwas wegen seiner Golftasche regeln. Irgendwie muss er die wohl verlegt oder irgendwo vergessen haben. Und Mr Gilbert ist immer mächtig sauer, wenn man sein Equipment vergisst. Vor allem bei den Stipendiaten regt er sich immer maßlos auf. Seiner Meinung nach sollten die in jedem Fach, nicht nur im Sport, die Besten sein. Schließlich bekommen sie ja die Ausbildung geschenkt, betonte er immer wieder und vor der ganzen Klasse. Kein Wunder, dass Rashid so eingeschüchtert war. Ich möchte auf gar keinen Fall auf seine Abschlussliste kommen! Gilbert macht wirklich guten Unterricht, aber menschlich ist er ein ziemlicher Drecks…" Butch war wieder eingefallen wo er sich befand und stockte. Er wagte es nicht, zum Schulleiter hinüberzublicken und stierte erneut auf den Teppichboden des Büros. MacGregor hatte im Moment erfahren, was er wollte, und beließ es einstweilen dabei.

* * *

Der Inspector hatte den Sergeant gebeten, eine Vermisstenmeldung herauszugeben und machte sich schon mal in Begleitung des Schulleiters und des wenig begeisterten Butch auf den Weg zum Zimmer der beiden Jungen. Pat sollte, wenn sie fertig telefoniert hatte, hinterherhumpeln.

„Fehlt irgendetwas? Hat der Junge etwas zusammengepackt, meine ich?", fragte MacGregor Butch und öffnete eine Schranktür, hinter der ein ziemliches Chaos an Wäschebündeln zum Vorschein kam.

„Das ist mein Schrank!", rief der Schüler leicht verlegen und knallte die Schranktür einigermaßen heftig zu. Dann öffnete er den anderen Schrank, in dem sich Raschids Kleidung ordentlich gefaltet in Fächern und auf einer Stange auf Kleiderbügeln hängend präsentierte. „Ich kann nichts erkennen, aber das will nichts heißen."

Der Inspector verstand, was der Junge damit meinte. Alle unbenutzten Kleiderbügel waren nach links geschoben und ein Fach im Regal war frei. Möglicherweise waren diese Klamotten momentan in der Wäsche. „Wo bewahrt er seine Koffer, Reisetaschen oder Rucksäcke auf?"

„Oh, die Koffer und Reisetaschen werden nach der Ankunft der Schüler auf dem Dachboden gelagert. Wie Sie sehen, sind die Räumlichkeiten begrenzt und wir wollen unseren Schülern so viel Freiraum wie nur möglich bieten", schaltete sich nun Mr Jones ein.

Der Ermittler nickte. „Hatte er einen Rucksack?", wandte er sich wieder an Butch.

„Ja, Moment, der … ist hier!" Er hatte das Gepäckstück unter dem Bett seines Mitbewohners hervorgezogen. „Das ist ja komisch", wunderte sich Butch, als er noch etwas unter dem Bett hervorholte, „hier ist ja auch seine Golftasche!"

MacGregor, der selbst ein passionierter Golfer war, nahm den Sack und stutzte. Die Golftasche war leicht, viel zu leicht. Er öffnete sie und besah sich den Inhalt. Anscheinend hatte man den Schüler zunächst nur mit einem Halbsatz für Anfänger ausgestattet. Zu diesem gehörten lediglich sieben, nicht vierzehn Schläger: ein Holz, ein 5er, ein 7er sowie ein 9er Eisen, je ein Pitching- und Sand-Wedge, außerdem ein Putter. Zwei der Eisen fehlten jedoch.

Der Inspector hatte ein ungutes Gefühl. Anscheinend hatte der Junge nichts gepackt, war also nicht aus freien Stücken verschwunden. Er schickte den Schüler hinaus. Er sollte nichts von seinem Verdacht mitbekommen.

„Rufen Sie die Spurensicherung, Sergeant! Sie sollen das Zimmer auf Blutspuren untersuchen. Ich kann jetzt zwar mit dem bloßen Auge nichts erkennen, aber wenn es Blutspritzer gibt, werden Innes und sein Team sie schon finden."

„Sie meinen, dass man den Jungen hier in diesem Zimmer mit einem seiner Golfschlägert getötet und dann die Leiche mitgenommen hat?", fragte der Schulleiter und war dabei ziemlich blass um die Nase.

„Ich kann im Moment noch gar nichts sagen. Tut mir leid, Mr Jones. Aber wir müssen dieser Möglichkeit nachgehen."

„Aber wie kann man denn am helllichten Tag eine Leiche aus dem Schulhaus transportieren, ohne dass man dabei gesehen wird?", wandte nun Pat ein, die soeben aufgelegt hatte, aber den Wortwechsel mitverfolgen konnte.

„Tja, vielleicht ist der Körper ja noch im Haus?", erwiderte der Inspector, „Rufen Sie auf der Wache an, Taylor. Wir brauchen Verstärkung, und zwar jeden Mann, der abkömmlich ist. Das Gebäude ist groß", *und düster*, setzte er noch in Gedanken hinzu. „Und fordern Sie auch gleich noch eine Hundestaffel an. Sicher ist sicher." Das Smartphone des Jungen lag auf seinem Nachttisch. Eine Ortung war damit ausgeschlossen. Er griff nach dem Pyjama des Jungen, der fein säuberlich gefaltet am Fußende seines gemachten Bettes lag. Auch wenn Butch ihnen nicht gezeigt hätte, welches Rashids Bett war, wäre der Inspector nach dem Anblick von Butchs Schrank selbst darauf gekommen. Er hatte sich weder die Mühe gemacht, seine Bettdecke zu falten, noch das Sweatshirt, das zusammengeknüllt auf dem zerknautschten Kopfkissen lag.

* * *

Es war gar nicht schwer gewesen, sogar überraschend einfach. Manche Menschen waren so leichtgläubig, wenn sie einen kannten. Von hinten ein Hieb mit dem Golfschläger und die Sache war erledigt. Nun ja, gut, vorsichtshalber noch einen zweiten.

* * *

Die Polizisten durchkämmten jeden Winkel des Herrenhauses, neben den Zimmern der Schüler, sogar die Wohnungen der Lehrer und die der Hauseltern. Keiner hatte irgendwelche Einwände erhoben, wie der Inspector erfreut registrierte. Den Dachboden, den Keller und sämtliche Anbauten hatten sie ebenfalls durchsucht. Am Abend, nach Unterrichtsschluss, machten sie mit den Unterrichtsräumen und der Turnhalle weiter.

MacGregor musste schweren Herzens bei sich zu

Hause anrufen und den Tanzkurs absagen. Er hoffte inständig, dass der Sohn der Martinez' nicht so kurzfristig verfügbar war und eventuell Maeve ihre Mutter an seiner statt begleiten würde. Erin war nicht begeistert gewesen, aber dass er, wenn ein Kind vermisst wurde, nicht Salsa tanzen konnte, hatte sie natürlich eingesehen.

Um 18 Uhr waren sie fertig, hatten jedoch keine Spur von Rashid gefunden, weder tot noch lebendig. Die Spurensicherung konnte ebenfalls mit keinerlei Ergebnissen aufwarten und auch außerhalb des Schulgeländes war der junge Pakistani von niemandem gesehen worden. Der Leiter der Hundestaffel allerdings kam kurz darauf mit, wenn man so wollte, guten Nachrichten zurück.

„Die Hunde haben recht schnell seine Fährte aufnehmen können. Er ist über die Felder und danach durch einen Wald gelaufen. Wir konnten seine Spur bis zur Schnellstraße verfolgen. Da endete sie. Er muss dort in ein Auto gestiegen sein."

„Geben Sie eine Großfahndung raus, Sergeant!" MacGregor überlegte fieberhaft. Was konnte den Jungen dazu veranlasst haben, Hals über Kopf die Schule zu verlassen und per Anhalter zu fahren? Er konnte nicht glauben, dass eine verschwundene Golftasche dafür der Auslöser sein sollte. Er beschloss, vor dem Dinner noch alle Schüler aus Rashids Klasse zu befragen, um zu erfahren, ob er nicht doch noch etwas Wichtiges zu jemand anderem als Butch gesagt hatte oder ob jemandem bekannt war, wo er möglicherweise hinwollte.

Zunächst aber ging er in das Zimmer zurück und öffnete die Schubladen des linken Schreibtisches, auf dem Ordnung herrschte. Danach suchte er in den Schubladen des Nachttisches und im Kleiderschrank. Er fand nicht, wonach er gesucht hatte. Rashid hatte sein Portemonnaie und seinen Reisepass mitgenommen.

* * *

Der erste Teil des Plans war wunderbar aufgegangen. Der zweite würde schwieriger zu realisieren sein, das war der Person klar. Sie musste umsichtig vorgehen.

XIV

Rashid trug sein Herz nicht auf der Zunge, so viel war während der Befragungen der Schüler klargeworden. Eigentlich kannte ihn niemand sonderlich gut, auch wenn er nicht unbeliebt war. Er wurde ausnahmslos als hilfsbereit und höflich beschrieben, er war keine Petzte, hielt sich aber immer streng an sämtliche Vorschriften. MacGregor hatte größtenteils Taylor die Vernehmungen durchführen lassen. Sie konnte gut mit jungen Leuten, wahrscheinlich, weil ihre eigene Schulzeit noch nicht allzu lange her war.

Für heute konnten sie nichts mehr tun. Der Inspector fuhr Pat nach Hause und danach zu sich heim. Erin und Maeve waren bereits zu Bett gegangen. Er würde wohl morgen erfahren, mit wem seine Frau getanzt hatte. Er ging zum Kühlschrank und schielte mit wenig Hoffnung hinein. Doch er wurde angenehm überrascht. Seine Frau hatte ihm wieder sein normales Bier gekauft! Und damit nicht genug! Erin hatte ihm auch noch Sandwiches gemacht, die auf einem Teller unter einer Klarsichtfolie lagen. Gott sei Dank! Er hatte riesigen Hunger und die unverhofften Kohlenhydrate waren ihm mehr als willkommen. Er hatte schon befürchtet, Chips und Würstchen aus seinem Geheimversteck holen zu müssen. Noch im Stehen biss er ein kräftiges

Stück eines mit Räucherlachs belegten Sandwiches ab und spülte es mit einem ordentlichen Schluck Stout hinunter.

* * *

„Oh, Harmon! Das ist alles ein einziger Albtraum", fasste Mrs Curtis, die Internatsleiterin, die momentane Situation bedrückt zusammen.

Mr Jones, der Schulleiter, der ihr in ihrer Wohnung am Esszimmertisch vor einem Glas Scotch gegenübersaß, konnte nur nicken. Ihm fehlten die Worte.

„Eben haben mich schon die Eltern von vier Schülern angerufen und mir mitgeteilt, dass sie ihre Kinder morgen in aller Frühe abholen werden. Wenn die Sache nicht bald aufgeklärt wird, müssen wir Hillside dichtmachen. Das jetzt auch noch der Junge verschwunden ist, bringt das Fass zum Überlaufen!" Sie nahm einen tüchtigen Schluck aus ihrem Tumbler.

Mr Jones wusste ihren Worten nichts hinzuzusetzen und kippte seinen Whisky auf Ex hinunter.

* * *

Um fünf Uhr morgens vibrierte MacGregors Handy auf seinem Nachttisch. Schlaftrunken stand er auf, nahm es und ging leise aus dem Zimmer, um seine Frau nicht zu wecken.

„… Der Junge wurde von den Kollegen auf einem Bahnsteig in Inverness aufgegriffen, Sir. Er wollte nach

London und von dort nach Hause, nach Pakistan fliegen! Sie bringen ihn zu uns auf die Wache. Er sollte bald hier sein."

Der Inspector bedankte sich beim diensthabenden Constable der Nachtschicht und sagte, dass er so schnell wie möglich auf die Wache kommen würde. Er ging ins Bad, putzte sich rasch die Zähne und machte eine Katzenwäsche. Keine halbe Stunde später fuhr er vor dem Gebäude vor.

Der Junge war absolut verängstigt und sah aus, als hätte er die ganze Nacht nicht geschlafen, was wahrscheinlich auch der Fall war. Die Schuhe waren schmutzig von der langen Wanderung durch die Felder, und die Schuluniform wirkte auch zerknittert.

Jemand hatte ihm einen Tee hingestellt, doch er rührte ihn nicht an. Seine dunklen Augen huschten wie die eines in die Enge getriebenen Tieres immer wieder zur Tür der Wache, dem einzigen Ausweg, der sich ihm bot. MacGregor bat ihn, mit in sein Büro zu kommen und Fox sollte protokollieren. Taylor hatte er in der Eile ganz vergessen zu benachrichtigen, aber sie würde ohnehin bald erscheinen. Sie hatte gestern gesagt, dass sie heute wieder versuchen würde, selbst zu fahren.

„So, Rashid, nun erzähl mir mal, was dich dazu getrieben hat, einfach Knall auf Fall aus der Schule abzuhauen. Du hast uns allen einen mächtigen Schrecken eingejagt", brummte der Inspector, wenngleich er versuchte so freundlich wie möglich zu bleiben, um den Schüler nicht noch mehr zu verschrecken.

Rashid wand sich nicht nur innerlich. Er rutschte

auf seinem Stuhl hin und her. Doch schließlich rang er sich zu etwas durch, auch wenn es keine verbale Antwort war. Er holte ein zusammengefaltetes Papier aus seiner Hosentasche und reichte es wortlos dem Polizisten. MacGregor zog sich einen Einweghandschuh an, ehe er es entgegennahm und zu lesen begann.

Die Polizei verdächtigt dich des Mordes an Mrs Heart und Mr Gibbs. Je schneller du verschwindest, desto besser. Ein Freund

Die knappe Nachricht war mit dem Computer geschrieben. Der Inspector stand auf, öffnete seine Bürotür und rief Constable Currington zu sich heran. „Nehmen Sie dem Jungen die Fingerabdrücke ab. Danach tüten Sie das ein und bringen Sie es zum Labor. Sie sollen es auf Fingerabdrücke und Sonstiges untersuchen. Vielleicht können sie auch das Fabrikat des Druckers feststellen." Er wusste, dass man Fingerabdrücke auf Papier nur selten sichern konnte, aber versuchen mussten sie es.

„Wie hast du diese Nachricht bekommen, Rashid?", fragte der Ermittler, nachdem der Constable wieder gegangen war und als er sich erneut hinter seinen Schreibtisch gesetzt hatte.

„Die lag auf meinem Schreibtisch. Ich bin nochmal in mein Zimmer, um zu sehen, ob ich die Golftasche nicht vielleicht doch noch finde", erwiderte der Junge eingeschüchtert.

„Und warum glaubst du, dass wir dich verdächtigen, die beiden Lehrer umgebracht zu haben?"

„Ich weiß nicht. Ich habe aber keinesfalls etwas damit zu tun! Ich habe einfach Panik gekriegt. Und ich bin ja nicht von hier. Ich dachte, dass Sie vielleicht Ausländer als erste verdächtigen", setzte er kleinlaut hinzu.

„Aber das ist doch Unsinn, Junge!", meinte MacGregor kopfschüttelnd.

„Aber mich hat Mrs Heart noch kurz vor ihrem Tod befragt. Ich dachte, dass Sie mich deshalb verdächtigen", beharrte er.

„Ja, schon, aber die anderen Stipendiaten hat sie ebenfalls um Informationen gebeten." Die ungefragte Schülerin aus Nordirland ließ der Inspector bewusst unter den Tisch fallen. Das war hier nicht relevant.

„Das wusste ich nicht", meinte Rashid schlicht, aber die Erkenntnis verschaffte ihm sichtlich Erleichterung. Die zusammengekrümmte Gestalt auf dem Stuhl richtete sich ein wenig auf. „Und wie geht es jetzt weiter?"

„Nun, wir werden dich zur Schule zurückfahren. Alles Weitere wirst du mit Mrs Curtis und Mr Jones klären müssen. Ich weiß nicht, ob sie irgendwelche Disziplinarmaßnahmen über dich verhängen."

Rashid machte ein betrübtes Gesicht.

„Wird schon, Junge!", versuchte ihn der Inspector aufzumuntern. „Schließlich werden sie froh sein, dass du gesund und munter wieder zurück bist! Und deine Golftasche ist auch nicht verschwunden, wir haben sie unter deinem Bett gefunden. Allerdings fehlen zwei Schläger. Kannst du dir das erklären?"

Der Schüler schaute den Inspector verdattert an und schüttelte den Kopf.

„Na ja, macht nichts. Dann wollen wir dich mal zurück nach Hillside bringen" meinte auffordernd

MacGregor und erhob sich von seinem Stuhl. Rashid tat es ihm nach und die beiden verließen die Wache. Auf dem Parkplatz fuhr gerade Sergeant Taylor vor.

„Das trifft sich gut, Sergeant. Sie können uns zum College begleiten. Ich erkläre Ihnen während der Fahrt alles", sagte er hastig, ehe Taylor, die sichtlich erstaunt war, ihn in Gegenwart des vermissten Jungen anzutreffen, ihn mit ihren Fragen löchern konnte. Sie stieg auf den Beifahrersitz ein, Rashid nahm auf der Rückbank neben der einen Krücke Platz, die Pat noch verwendete.

„Und du kannst dir nicht vorstellen, wer dir diese Nachricht geschrieben hat?", hakte der Sergeant nach, nachdem der Inspector die Ereignisse knapp zusammengefasst hatte.

„Nein, ich weiß wirklich nichts", lautete die Antwort aus dem Fond des Wagens.

„Schließt ihr eure Zimmer ab?", bohrte Pat weiter.

„Ja, normalerweise schon, aber Butch vergisst das eigentlich immer. Und die Lehrer und die Hauseltern haben alle einen Generalschlüssel. Die Zimmer werden nämlich in unregelmäßigen Abständen kontrolliert, ob wir auch Ordnung halten und nichts da ist, was sich dort nicht hingehört."

MacGregor konnte sich lebhaft vorstellen, dass zu diesen Anlässen sein Zimmergenosse wohl des Öfteren eins auf den Deckel bekam.

„War deine Tür verschlossen, als du den Zettel gefunden hast?", drängte Taylor.

Rashid überlegte eine Weile, ehe er antwortete. „Ich

kann es nicht beschwören, aber ich glaube, dass sie abgesperrt war."

Den Rest der Fahrt setzten sie schweigend fort.
MacGregor und Taylor dachten über das eben Ge-
hörte nach und den Jungen bangte vor der möglichen
Strafe, die ihn erwarten würde.

XV

Rashid hatte sich umsonst gefürchtet. Tatsächlich bekam er von der Internatsleiterin und vom Schulleiter nur eine kleine Standpauke - keinen Verweis oder eine sonstige Strafe. Die beiden hatten ihm vor allem gesagt, dass sie sich große Sorgen um ihn gemacht hatten. Er war also mit einem blauen Auge davongekommen.

MacGregor wollte das Verhör mit Mr Gilbert, das sie wegen des Verschwinden des Schülers hatten unterbrechen müssen, nun fortsetzen. Sie fragten bei der Sekretärin nach, wo der Mann gerade unterrichtete und erfuhren, dass sie ihn bei den Tennisplätzen finden würden.

Der Sportlehrer war nicht eben begeistert, dass die beiden Beamten nun schon zum zweiten Mal in dieser Woche seinen Unterricht störten, und ließ sich das auch anmerken.

„Tag, was wollen Sie denn schon wieder von mir? Ich sage Ihnen doch, ich hatte nur eine Meinungsverschiedenheit mit Rosemary und Ernest. Nicht mehr!", polterte er beinahe ungehalten.

Die Schüler, die auf der anderen Seite des Netzes Aufschläge üben sollten, verrenkten sich die Hälse, um etwas von der Unterhaltung mitzubekommen. Als Gilbert das bemerkte, herrschte er sie an. „Und ihr macht gefälligst weiter!"

„Haben Sie Rashid einen Zettel auf's Zimmer gelegt?", fragte Pat ins Blaue.

„Was für einen Zettel?", fragte der Mann erstaunt.

„Sozusagen eine Warnung", schaltete sich MacGregor nun ein, da er vermeiden wollte, dass sein Sergeant zu viel vom Inhalt des Schreibens preisgab.

„Warum sollte ich den Jungen warnen? Er ist ein vorbildlicher Schüler. In den Disziplinen, in denen er nicht so begabt ist, trainiert er fleißig, um besser zu werden. Da hätte ich genügend andere Schüler, die ich verwarnen könnte", erwiderte er und blickte dabei verdrießlich zu den jüngeren Kindern, die sich teils vergeblich abmühten, einen halbwegs vernünftigen Aufschlag hinzubekommen, der es zudem übers Netz schaffte.

„Aber Sie gehen, wie wir gehört haben, mit den Stipendiaten strenger um als mit den anderen Schülern", übernahm Pat wieder das Ruder.

„Da mag was Wahres dran sein", räumte er ein, „schließlich bekommen sie die Ausbildung ja finanziert. Könnte schon sein, dass ich sie deshalb ein wenig mehr fordere."

MacGregor sah zu Taylor hinüber und beschloss, dass es besser war, sich an dieser Stelle zu verabschieden. Was auch immer seinem Sergeant auf der Zunge lag, war bestimmt ethisch korrekt, doch er wusste nicht, ob es klug war, sie es aussprechen zu lassen. Nicht, dass sie dann eine Beschwerde am Hals hatten. Er warf ihr vorsichtshalber noch einen scharfen Blick zu, ehe er die Abschiedsworte sprach.

„Widerlicher, überheblicher Drecksack", schnaufte sie kaum hörbar, doch der Inspector hatte es vernommen und grinste in sich hinein.

Sie mussten nun auch die anderen Lehrer und die Hauseltern zu der Nachricht an Rashid befragen. Es war zwar davon auszugehen, dass der Verfasser nicht zugeben würde, diese geschrieben zu haben, aber der Inspector wollte die Reaktionen der Befragten beobachten, um den Autor eventuell auf diese Weise ausfindig zu machen. Natürlich konnte es sein, dass einer von Rashids Mitschülern sich einen Scherz erlaubt hatte und dem Jungen Angst einjagen wolltc, doch die Polizisten, die sich darüber unterhalten hatten, wollten beide nicht so recht an diese Möglichkeit glauben. Schon allein deswegen, weil sich Rashid beinahe sicher war, dass seine Tür verschlossen gewesen war und er auch kaum einem anderen Schüler etwas in den Weg gelegt haben dürfte, für das sich dieser dann rächen wollte. Natürlich wäre es seinem Mitbewohner möglich gewesen, die Nachricht zu deponieren, doch diese Option hatten der Inspector und sein Sergeant ebenfalls als unwahrscheinlich abgetan. Da die Lehrer im Unterricht waren, beschlossen sie, zunächst die Hauseltern zu interviewen.

Das Ehepaar Bantry bewohnte eine Wohnung im ersten Stock, die am Übergang zwischen Ost- und Westflügel lag. Nachts waren alle Verbindungstüren zwischen dem Trakt der Mädchen und dem der Jungen abgesperrt, um gegenseitige Besuche zu verhindern. Aber die Wohnung der Hauseltern konnte bei Notfällen sowohl von den Schülerinnen als auch von den Schülern erreicht werden. MacGregor läutete an der Wohnungstür. Keine zehn Sekunden später wurde diese von Mr Bantry geöffnet.

„Ah, die Polizei. Bitte kommen Sie doch herein." Er ging voran in ein gemütlich eingerichtetes Esszimmer und bot den beiden Beamten einen Platz an. „Kann ich Ihnen etwas anbieten, einen Tee vielleicht?"

Der Inspector winkte dankend ab und auch Pat wollte nichts.

„Wir würden auch gerne Ihre Frau sprechen, Mr Bantry", fügte sie noch an.

„Ja, sicher. Ich gehe sie eben holen." Schleppenden Schrittes verließ er den Raum und ging in den Flur. Er öffnete die Tür zum Hauswirtschaftsraum, in dem Sally Bantry gerade beschäftigt war.

Als er eintrat, sah sie erstaunt auf. Normalerweise ließ sie Norman in Ruhe ihre Arbeit verrichten.

Er trat kurz ein und flüsterte so leise, dass wirklich nur seine Frau es hören konnte: „Die Polizei ist da. Wir bleiben dabei, hörst du, Sally? Wir wissen nichts und deine Vergangenheit hat nichts, aber auch gar nichts mit der Angelegenheit zu tun. Der Junge ist ja schließlich wieder aufgetaucht."

Sie nickte, sich in ihr Schicksal ergebend und begleitete ihn ins Esszimmer.

„Hat Ihnen mein Mann gar nichts zu trinken angeboten? Oh, entschuldigen Sie bitte! Möchten Sie Tee oder Kaffee und etwas Gebäck?", stammelte sie ein wenig nervös.

Dem Inspector und dem Sergeant, die erneut verneinten, wenngleich MacGregor bei der Erwähnung des Gebäcks kurz überlegt hatte, war ihre Angespanntheit nicht entgangen. Aber schließlich waren Zeugen häufig aufgeregt, wenn sie von der Polizei befragt wurden. Meist waren es die rechtschaffenen Bürger, die sonst nie etwas mit der Behörde zu tun hatten, die nervös wurden. Diejenigen, die etwas auf dem Kerbholz hatten, waren abgebrühter.

„Wir haben nur ein paar Fragen an Sie beide. Wenn Sie sich bitte setzen würden", bat der Inspector freundlich.

* * *

„Und, was halten Sie von den beiden?", fragte MacGregor Pat, nachdem sie die Bantrys befragt und wieder in der großen, düsteren Halle von Hillside standen und von Raubtierköpfen beobachtet wurden.

„Sie war ziemlich nervös. Er war auch nicht unbedingt cool, aber deutlich entspannter als sie. Ich glaube, dass sie etwas zu verbergen haben. Auch wenn ich nicht weiß, ob es etwas Wichtiges ist."

Ihr Vorgesetzter nickte zustimmend. Auch er hatte den Eindruck gehabt, dass die Bantrys nichts mit dem Verschwinden des Jungen zu tun hatten, aber ihnen dennoch nicht die ganze Wahrheit gesagt hatten. Sally Bantrys Augen waren während ihrer Unterhaltung immer wieder nervös zu ihrem Gatten hin geflattert. So als wollte sie sich seiner versichern. Er würde diese Blicke nicht als ängstlich in dem Sinn beschreiben, dass sie Angst vor ihrem Mann hatte, nein, das nicht. Aber es steckte etwas anderes dahinter, sein Sergeant hatte recht. Deshalb, weil er momentan selbst im Trüben fischte, fragte er: „Irgendeine Idee, Sergeant?"

Pat zuckte mit den Schultern. „Im Moment nicht, Sir. Ich muss erst darüber nachdenken. Aber ich wollte Ihnen noch etwas anderes erzählen. Ich bin gestern Abend noch zu Hause ins Internet gegangen und habe die Länder der vier Stipendiaten, die Mrs Heart vor ihrem Tod zu den Taxiunternehmen befragt hat, auf gut Glück in eine Suchmaschine eingegeben."

MacGregors Handy klingelte und sie schwieg.

„MacGregor! Ja, hallo Innes! … So, so, das ist schade. … Ja, aber trotzdem danke, dass Sie sich gleich darum gekümmert haben! … Ja! … Wiederhören!"

Der Inspector seufzte. „Auf dem Ausdruck, der auf Rashids Schreibtisch lag, waren keine Fingerabdrücke, außer denen des Jungen, zu finden. Muss das Papier wohl mit schwitzigen Händen angefasst haben."

Ninhydrin bildete mit den in Schweißrückständen enthaltenen Aminosäuren einen rot-violetten Farbstoff, das so genannte Ruhemann-Purpur. So konnte mitunter Fingerabdrücke auf Papier sichtbar gemacht werden.

„Und da beim Ausdruck nur Schwarz verwendet wurde, kann man den Drucker höchstwahrscheinlich auch nicht identifizieren. Diese Yellow-Dot-Muster gibt es nur bei Farblaserdruckern, soweit ich das verstehen konnte."

Sergeant Taylor nickte wissend. Sie hatte an der Uni so einiges zum Thema *Machine Identification Code Secret* und beziehungsweise *Tracking Dots* gehört. Bereits 2004 hatte man herausgefunden, dass es winzige, für das bloße menschliche Auge nicht sichtbare gelbe Punkte auf Farbausdrucken gab. Anhand dieser konnte man den Druckerhersteller, die Seriennummer und mitunter sogar das Datum und den Zeitstempel des Ausdrucks erkennen. Manche der Raster gab es bis zu hundert Mal auf einer Seite.

„Aber Sie wollten mir eben etwas anderes mitteilen, Sergeant", fiel dem Inspector wieder ein.

„Ach ja, also ich habe die Länder Peru, Kolumbien, Pakistan und Afghanistan in die Suchleiste eingegeben. Abgesehen von einigen geographischen Aspekten, wie eine Höhentabelle oder einfach Länder von A bis Z oder Protokollen und Ähnlichem zu Verträgen über den Klimawandel habe ich eigentlich nur eine gemeinsame Statistik gefunden, die etwas mit unserem Fall zu tun haben könnte", erläuterte Pat und machte eine kurze, rhetorische Pause.

„Nun machen Sie es nicht so spannend, Taylor!", blaffte ihr Vorgesetzter. Geduld war keine der Tugenden MacGregors.

„Also, ich glaube nicht, dass in Hillside der Klimawandel besonders relevant ist, aber ich bin bei meinen Recherchen über die internationale Tabelle der Säuglingssterblichkeit gestolpert. Vielleicht ergibt sich ja dahingehend irgendein Zusammenhang mit den Stipendiaten."

MacGregor grunzte. Er konnte sich auf diese Entdeckung nun überhaupt keinen Reim machen und sah seinen Sergeant einigermaßen verständnislos an.

„Nun ja, Mrs Heart hat ja in der Nachricht an Mr Gibbs geschrieben, dass sie auch nichts gegen einen vorzeitigen Ruhestand hätte, ihr diese von ihm scheinbar vorgeschlagene Transaktion aber anscheinend zutiefst zuwider war. Und da dachte ich mir, dass da vielleicht Menschenhandel dahintersteckt."

MacGregor keuchte. *Alles, nur das nicht! Kinderhandel?* Doch er fasste sich schnell wieder: „Und Sie meinen, dass das irgendetwas mit den Taxiunternehmen in den jeweiligen Heimatländern der Stipendiaten damit zu tun hat? Wie sollte man denn einen Säugling im Flugzeug mit nach Schottland schmuggeln? Im Handgepäck, oder was?"

XVI

Pat sah ein, dass sie sich mit ihrer Theorie viel zu weit aus dem Fenster gelehnt hatte und schwieg. Die junge Polizistin war sauer auf sich selbst. Sie hatte mal wieder zu schnell ausgesprochen, was sie dachte, und dieses Mal war ihre Phantasie mächtig mit ihr durchgegangen. Selbst wenn man ein Baby für die Dauer eines Langstreckenflugs sedieren konnte und es unter fünf Kilogramm wog, wurde das Handgepäck durchleuchtet. Im letzten Jahr hatte tatsächlich ein Fluggast auf dem Flughafen in Wisconsin versucht, einen Chihuahua im Rucksack durch den Röntgenscanner zu bringen und war natürlich damit gescheitert. Die Frachträume für die Koffer waren nicht beheizt, also stellte ein Transport im Koffer auch keine Option dar.

Die Befragungen der Lehrer hatte nichts Neues zutage gefördert. Angeblich war keiner in Rashids Zimmer gewesen, um dort die Nachricht zu hinterlassen und etwas Verdächtiges beobachtet hatte auch keiner. Ebenso hatte keiner bei den Ermittlern den Eindruck erweckt, sie belogen zu haben.

„Morgen nehmen wir uns nochmals die Bantrys vor, Taylor. Vielleicht sind sie gesprächiger, wenn sie eine Nacht über die Sache geschlafen haben, die sie uns verheimlicht haben. Ich möchte, dass Sie dieses Mal die

Befragung übernehmen. Überlegen Sie sich doch schon einmal, wie Sie vorgehen möchten."

Pat war erleichtert. Offenbar hatte ihr Chef ihr ihre voreiligen Schlüsse nicht übelgenommen. Er hatte wirklich Führungsqualitäten.

Der Inspector und der Sergeant fuhren zurück zur Wache und schrieben die Berichte, ehe sie einigermaßen früh, also um sechs Uhr, Feierabend machten.

* * *

MacGregor stutzte. Als er nach Hause kam, war weder seine Frau noch seine Tochter daheim. Er ging in die Küche und fand auf der Arbeitsfläche einen Zettel.

Maeve ist bei einer Freundin. Sie kommt um neun Uhr zurück. Ich habe mich mit Leuten aus dem Tanzkurs auf einen Drink verabredet. Kann später werden. Essen ist im Kühlschrank. Kuss! E.

Der Inspector brummte, nachdem er die Nachricht gelesen hatte. Hoffentlich war diese Verabredung nicht nur mit diesem Kerl, diesem Sohn der Martinez'. An sich neigte er nicht zur Eifersucht, aber diese Südländer wusste er nicht recht einzuschätzen. Und seine Erin war eine attraktive Frau. Vielleicht sollte er sie anrufen und fragen, in welcher Bar sie gegangen waren. Aber hatte er heute wirklich noch Lust, außer Haus zu gehen und sich mit wildfremden Menschen zu unterhalten? Nein, er hatte Hunger und keine Lust auf Smalltalk.

Er musste seiner Frau einfach vertrauen! Er öffnete die Kühlschranktür, holte sich ein Stout heraus, öffnete es und nahm einen kräftigen Schluck. Dann griff er sich den Teller, über den ein Stück Aluminiumfolie gebettet war. Vorsichtig hob er die Verpackung an. Sieh' an! Schweinekoteletts mit Bratkartoffeln. Sein nach Kohlenhydraten und richtigem Fleisch lechzendes Herz machte einen Satz. Voller Vorfreude schob er das Mahl in die Mikrowelle. Nachdem er es erhitzt hatte, nahm er sich Messer und Gabel und stellte alles auf den Couchtisch. Wenn er schon alleine zu Abend essen musste, konnte er das ebenso vor dem Fernseher tun. Doch er hatte seine Rechnung ohne das Mistvieh gemacht! Blackbeard sprang auf das Polstermöbel und beäugte jeden Bissen, den er hinunterschlang. „Du kannst betteln, solange du willst. Von meinem Kotelett bekommst du kein Fitzelchen! Komm wieder, wenn es Pute gibt", murrte er und der Kater, der ihn anscheinend verstanden hatte, legte sich neben ihm schlafen.

* * *

„Wach auf, Schatz!", Erin gab ihrem Mann einen Kuss, als sie sich über die schlafende Gestalt über dem Sofa beugte, auf deren Bauch die Katze schlummerte. Es war bereits nach Mitternacht und MacGregor war vor dem Bildschirm eingeschlafen. Seine Tochter hatte ihn schlafen gelassen und war schon zu Bett gegangen.

„Ach, bist du endlich da?", meinte er ein wenig vorwurfsvoll in noch verschlafenem Tonfall.

„Hast du mich etwa vermisst?", zog sie ihn auf.

„Natürlich! Was glaubst du denn?", erwiderte er, schlang die Arme um ihren Nacken, sodass sie auf ihm landete. Dabei wurde der fauchende einäugige Kater von der Couch geschubst. Er stapfte beleidigt nach oben zu seinem richtigen Frauchen.

* * *

Erin hatte den Tanzkurs am Montag alleine besucht und sie hatte wechselnde Partner gehabt. Das gefiel MacGregor zwar auch nicht sonderlich, aber es war zumindest besser als der Latin Lover. Er betrat gerade den Vorraum der Wache, als Currington hinter der Theke lautstark telefonierte.

„Was? Drei Lehrer? Himmel Donnerwetter! … Hm, nicht krankgemeldet, verstehe … Ja, ja, ich gebe dem Inspector Bescheid!"

Alarmiert trat MacGregor an die Anmeldung. „Was gibt's Constable?", drängte er.

„In Hillside sind drei Lehrer heute Morgen nicht zum Unterricht erschienen", antwortete er prompt.

„Und welche?", verlangte sein Vorgesetzter zu wissen.

Der junge Constable machte ein dümmliches Gesicht und meinte dann beinahe flehend: „Entschuldigen Sie, Sir! Das habe ich vergessen zu fragen", setzte er kleinlaut hinzu.

„Dann rufen Sie gefälligst dort an und lassen sich die Namen geben. Und notieren Sie sich diese um

Himmels willen, Mann!", polterte er ungehalten, ehe er sich auf den Weg ins Großraumbüro machte.

„Morgen, Sergeant!", bellte er noch immer grantig. „Wir müssen gleich los! Es werden drei Lehrkräfte vermisst! Und ehe Sie fragen! Ich weiß noch nicht welche! Currington hat den Anruf angenommen."

„Oh", sagte Pat nur und erhob sich von ihrem Stuhl. Sie griff nach ihrer Jacke und begleitete ihren Vorgesetzten, der sich wieder in Richtung Vorraum bewegte.

Der schwitzende Currington hatte ein rotes Gesicht und legte gerade in diesem Moment den Hörer auf die Gabel. Er las gewissenhaft von seinen Notizen ab: „Eine Mrs Roberts, ein Mr Quinn und ein Mr Gilbert, Sir. Gilbert wohnt im Internat, also ist man zu seinen Zimmern gegangen. Sie hatten Angst, dass er auch vergiftet worden war. Die Tür war nicht abgesperrt, aber von dem Mann fehlte jede Spur."

* * *

MacGregor und Pat Taylor saßen im Dienstwagen, der Inspector fuhr. „Wir sehen zuerst nach diesem Quinn. Vielleicht hatte er nur einen Migräneanfall und konnte nicht telefonieren, um sich krank zu melden. Würde mich nicht wundern, ebenso wenig, wie wenn er wieder einen auf krank macht. Vielleicht öffnet uns ja seine Haushälterin. Wie hieß die noch gleich?"

„Meyers, wenn ich mich recht erinnere. Soll ich

nochmal versuchen, Mrs Roberts telefonisch zu erreichen? Ich habe die Nummer eingespeichert."

„Gute Idee, Sergeant. Vielleicht steckt sie im Stau. Die beiden anderen Adressen neben ihrem Hauptwohnsitz waren doch auf Skye und in Stirling. Möglich, dass sie von einer Wohnung aus erst heute Morgen losgefahren ist und sich mit dem Verkehr verkalkuliert hat. Aber es ist schon seltsam, dass sie dann vom Auto aus nicht in Hillside angerufen hat," überlegte er laut. „Eventuell ist der Akku leer oder sie hat ein Prepaid-Gerät und kein Guthaben mehr. Ist ja meistens so, wenn man unbedingt telefonieren muss." Das stimmte zwar, aber in Anbetracht der Tatsache, dass drei Lehrkräfte unentschuldigt fehlten, wusste er, dass er damit nach einem Strohhalm griff.

Pat nickte nur, sie hatte bereits die erste Nummer angewählt. Am Handy und zu Hause ging keiner ran. Als Nächstes rief sie im Wochenendhaus auf der Insel an, doch auch hier Fehlanzeige. Das Appartement in Stirling hatte keinen Festnetzanschluss.

* * *

Mrs Meyers öffnete ihnen die Tür. „Ach, guten Morgen, Inspector, Sergeant! Mr Quinn ist nicht hier. Er ist in Hillside. Sie müssen dorthin fahren, wenn Sie ihn sprechen möchten oder heute Abend wiederkommen", erläuterte sie den Beamten höflich.

Pat blickte zu MacGregor, der neben ihr vor der Haustür stand. Er machte ein sorgenvolles Gesicht.

„Haben Sie Ihren Arbeitgeber heute schon gesehen, Mrs Meyers?", hakte er vorsichtig nach.

„Nein, ich fange morgens um neun Uhr an, da beginnt auch der Unterricht am College. Ich sehe Mr Quinn eigentlich nur am Montag, denn da hat er ab Mittag frei und am Sonntag. Außer es steht etwas an, Besuch zum Beispiel oder wie letztens, als er wieder einmal erkrankt war. Da kümmere ich mich natürlich um ihn. Mr Quinn ist leider sehr anfällig."

„Dürfen wir hereinkommen?", drängte der Inspector ein wenig ungeduldig. „Mr Quinn ist heute nämlich nicht zum Unterricht erschienen. Kann es sein, dass er erneut erkrankt ist und noch im Bett liegt?"

Die Haushälterin machte ein erstauntes Gesicht. „Tatsächlich war ich heute noch nicht oben. Ich meine, die Schlafzimmer sind im ersten Stock. Aber bitte, natürlich können Sie hereinkommen." Sie trat einen Schritt beiseite und ließ die Polizisten eintreten.

Die kleine Villa war sehr geschmackvoll eingerichtet, wie Pat erstaunt feststellte. So viel Geschmack hätte sie dem kränkelnden Lehrer gar nicht zugetraut. In einem großen, lichtdurchfluteten Wohnzimmer, in das sie von der kleinen Halle, in der sie nun standen, hineinblicken konnte, stand ein Flügel. Richtig, sie erinnerte sich. Mr Quinn unterrichtete neben Religion auch Musik. Es hingen schöne Aquarelle an den Wänden und das Mobiliar war ausschließlich antik. In der Luft hing ein ganz leichter fernöstlicher Geruch – vielleicht Weihrauch?

„Soll ich vorangehen?", fragte Mrs Meyers ein we-

179

nig unsicher und deutete auf die imposante Holztreppe, die hinter ihr in den ersten Stock führte.

„Ja, bitte. Wenn Sie so freundlich wären", erwiderte der Inspector.

Oben angekommen, öffnete die Haushälterin gleich die Tür rechter Hand neben dem Treppenabsatz. Die Rollläden waren noch nicht aufgezogen, deshalb machte sie Licht. Das Zimmer war leer und aufgeräumt.

„Seltsam, Mr Quinn macht sein Bett nie selbst. Es scheint so, als hätte er die letzte Nacht woanders geschlafen", wunderte sich Mrs Meyers.

„Wo führt diese Tür hin?", fragte der Sergeant und zeigte auf eine Tür linkerhand.

„Oh, das ist Mr Quinns Badezimmer. Soll ich es öffnen?"

MacGregor schüttelte den Kopf und zog ein Paar Einweghandschuhe aus seiner Jackentasche, die er sich überstreifte. Ihn beschlich ein ungutes Gefühl. Hier stimmte etwas nicht.

Pat tat es ihm gleich und die drei Personen bewegten sich beklommen auf die geschlossene Badezimmertür zu.

XVII

„Himmel, was riecht denn hier so penetrant?"
MacGregor sah Mrs Meyers fragend an.

Doch diese schaute nur verblüfft. Das Badezimmer
war leer.

„Also ich rieche ein scharfes Putzmittel, Chlorreiniger würde ich sagen", merkte Pat an.

„Ja, Sie haben recht. Aber ich habe das Bad nicht
geputzt. Ich wollte das erst heute Vormitttag erledigen.
Und Mr Quinn putzt nie. Er weiß, glaube ich, nicht
einmal, wo ich die Putzmittel aufbewahre, und Chlor
verwende ich ohnehin nur äußerst selten", schloss sie
nunmehr vollkommen perplex.

„Nun, wenn Ihr Arbeitgeber über Nacht nicht zum
perfekten Hausmann mutiert ist, sein Bett selbst ganz
akkurat macht und seine sanitären Anlagen blitzblank
putzt, würde ich sagen, hier ist etwas faul", preschte
Pat wieder einmal vor.

MacGregor verdrehte die Augen. Sein Sergeant
hatte natürlich recht, aber es wäre ihm lieb gewesen,
sie hätte in Anwesenheit der Haushälterin den Mund
gehalten oder ihre Beobachtungen zumindest ein wenig schonender verpackt. Aber geschehen war geschehen, und deswegen meinte er nur scharf: „Rufen Sie

die Spurensicherung an, Sergeant. Ich glaube, wir haben hier einen Tatort!"

„Wo bewahren Sie Ihren Chlorreiniger auf, Mrs Meyers?", fragte der Inspector die Haushälterin.

„Unten in der Abstellkammer, soll ich nachsehen, ob er noch da ist?"

„Ja, bitte tun Sie das, aber fassen Sie ihn nicht an! Und kommen Sie dann wieder herauf."

Die Frau ging eilig nach unten und war binnen einer Minute wieder da. „Er ist noch da und sogar noch originalverpackt! Ich habe erst kürzlich neuen gekauft", stieß sie aufgebracht hervor.

MacGregor nickte. Das hatte er sich schon gedacht. Wenn ein Mord geplant gewesen war, dann hatte der Mörder den Reiniger mitbringen müssen. Schließlich konnte er sich ja nicht drauf verlassen, dass in diesem Haushalt damit geputzt wurde. Er bat die Haushälterin um die Handynummer ihres Arbeitgebers. Mrs Meyers konnte diese glücklicherweise auswendig. Er wählte und im Raum ertönte ein Klingeln. Er ging in Richtung des Bettes und lauschte. Dann zog er die Schublade des Nachtkästchens auf. Darin lag das Smartphone des Lehrers neben seinem Portemonnaie. Das sah nicht gut aus. Überhaupt nicht gut!

Er legte auf und wandte sich der Haushälterin zu, die nunmehr sichtlich um Fassung rang. „Hat Mr Quinn eine Alarmanlage?"

Sie schüttelte nur den Kopf. „Meinen Sie, jemand hat ihn entführt? Oder gar ermordet? Oh Gott, oh

Gott!" Sie schlug entsetzt die Hand vor den Mund. „Und warum hat man das Bad geputzt?"

MacGregor legte der aufgebrachten Frau beschwichtigend eine Hand auf die Schulter und führte sie aus dem Zimmer. Doch sie schien sich schnell gefasst zu haben und fuhr in ihren Überlegungen laut fort, als sie am Treppenabsatz angekommen waren.

„Wissen Sie, ich lese ab und zu gerne Thriller. Und in einem davon hat eine Frau die Leiche ihres Mannes in der Badewanne zerstückelt, weil er ihr zu schwer war und dann das Bad mit Chloreiniger geputzt, um alle Blutspuren zu beseitigen", erklärte sie nervös und war nunmehr ziemlich blass um die Nase.

MacGregor überlegte, ob Mrs Meyers soeben ihren Modus Operandi preisgegeben und ihren Arbeitgeber selbst ermordet hatte. Welches Motiv könnte sie gehabt haben? Er nahm sich vor, bei den Anwälten von Mr Quinn in Erfahrung zu bringen, ob ein Testament zu ihren Gunsten existierte. Möglich wäre es, denn Mr Quinn war ledig. So viel wussten sie. War der Mann in seinem Bad zerstückelt worden, oder war er vielleicht noch am Leben? War er überwältigt worden und wurde jetzt irgendwo gefangen gehalten? Er zog sein Handy aus der Tasche und rief auf der Wache an. Sie sollten eine Großfahndung herausgeben. Eine Personenbeschreibung gab er gleich selbst ab. Ein Foto würde er nachschicken.

„Gibt es im Haus ein einigermaßen aktuelles Bild von Mr Quinn, Mrs Meyers?"

Die Frau überlegte kurz und ging dann nach unten.

Der Inspector folgte ihr. Sie trat ins Wohnzimmer und nahm ein gerahmtes Foto vom Kaminsims. Es zeigte ihren Arbeitgeber auf einer Terrasse vor einem blühenden Lavendelfeld. Anscheinend ein Urlaubsschnappschuss. MacGregor machte ein Foto davon und leitete es weiter.

„Wann haben Sie Mr Quinn das letzte Mal gesehen oder gesprochen", verlangte er nun zu wissen.

„Montagmittag, bevor ich gegangen bin."

„Wie wirkte er da auf Sie?"

„Nun, er war nicht wieder ganz hergestellt. Sie wissen ja, dass er einen ziemlichen Schock erlitten hatte." Sie sah den Inspector ein wenig vorwurfsvoll an. Scheinbar hatte sie ihr Arbeitgeber über die Ursache seiner Ohnmacht in Kenntnis gesetzt.

„Hat er irgendetwas gesagt, erwartete er beispielsweise Besuch?"

Mrs Meyers antwortete augenblicklich: „Ja, er hat gesagt, dass ihn am nächsten Tag, also am Dienstag, noch ein Kollege besuchen wollte. Ich sollte ein paar Snacks zum Wein vorbereiten."

„Hat er einen Namen genannt?", drängte MacGregor.

„Nein, tut mir leid."

„Hat er mit Sicherheit von einem Kollegen, nicht von einer Kollegin, gesprochen?"

„Ich bin mir sicher, dass er Kollege gesagt hat. Aber ob er damit auch eine Frau gemeint haben könnte, kann ich Ihnen nun wirklich nicht sagen, Inspector", meinte sie ein wenig ärgerlich.

„Hatte er denn gestern Besuch? Ich meine, gab es zwei benutzte Weingläser und sind die Snacks, die Sie gemacht haben, gegessen worden?"

„Mr Quinn gab das benutzte Geschirr und Besteck dankenswerterweise immer gleich in die Spülmaschine und da die Maschine beinahe voll war, habe ich sie heute Morgen eingeschaltet. Ich müsste nachsehen, ob Weingläser dabei waren. Ich habe nicht darauf geachtet. Und die Häppchen hatte ich den Kühlschrank gestellt. Die waren aber alle weg – beziehungsweise war der Teller nicht mehr da."

Tatsächlich waren im Geschirrspüler mehrere saubere Rotweinkelche. DNA-Spuren oder Fingerabdrücke konnten sie also vergessen.

„Hatte Mr Quinn öfter Besuch von Kollegen?"

„Ähm, nein. Von Kollegen eigentlich nie. Deshalb hatte ich mich noch gewundert, dass nach so vielen Jahren, die er in Hillside unterrichtet, jetzt einer kam."

„Wie lange arbeiten Sie schon für Mr Quinn, Mrs Meyers?"

„Ach, das sind jetzt beinahe sieben Jahre. Als meine Kinder aus dem Gröbsten heraus waren, bin ich mit meinem Mann übereingekommen, dass ich mir einen Job auf Stundenbasis suche. Und da ich ja normalerweise nur vier Stunden am Vormittag, also von neun bis dreizehn Uhr arbeite, war diese Stelle hier perfekt für mich."

MacGregor nickte. Er schätzte die Frau auf Mitte, Ende vierzig.

„Hatte Mr Quinn Feinde, Mrs Meyers? Ich weiß,

das klingt jetzt ein wenig abgedroschen, wenn nicht gar theatralisch, aber ich muss das fragen."

„Nein, nicht dass ich wüsste. Er hat nur mal erwähnt, dass er mit einigen der Kollegen auf dem College nicht unbedingt auf guten Fuß stand. Mit wem genau, weiß ich allerdings nicht. Nur über seinen Chef, einen Mr Jones, über den hat er ab und an ziemlich böse Worte verloren."

„Inwiefern?", hakte der Ermittler nach.

„Nun ja. Er sagte, dass er seine Arbeit nicht schätzte und dass er Lieblinge hätte, die mehr oder weniger Narrenfreiheit hätten, wohingegen andere Lehrkräfte benachteiligt würden und dass er keine Führungsqualitäten besitze. Ob das stimmt, kann ich Ihnen natürlich nicht sagen."

„Kamen Sie gut mit Mr Quinn klar oder gab es zwischen Ihnen auch bisweilen Reibereien?"

„Verdächtigen Sie etwa mich?", kam die entrüstete Erwiderung.

Der Inspector hob beschwichtigend die Hände. „Bis jetzt sind wir gar nicht sicher, ob Ihrem Arbeitgeber überhaupt etwas passiert ist, Mrs Meyer. Ich möchte lediglich, dass Sie mir helfen, mir ein Bild vom Charakter des Mannes zu machen."

„Mr Quinn war mir gegenüber bisher immer sehr freundlich und großzügig. Er war mit meiner Arbeit zufrieden und da er Junggeselle war, gab es im Haushalt auch nicht sonderlich viel zu tun. Die Bezahlung war gut und an Weihnachten und an meinem Geburtstag hat er mir immer etwas geschenkt. Nichts Großes, einen Gutschein für die Gärtnerei über 15 Pfund und so was eben. Ich habe mich immer sehr darüber gefreut, schließlich hätte er das nicht tun müssen, aber er hat es gerne getan. Das Einzige, was manchmal ein wenig aufwendig war, war die Krankenpflege, denn wenn Mr Quinn, der eben von anfälliger Konstitution ist, krank war, litt er, Sie erlauben mir den Vergleich, wie ein Hund. Er hat die Gabe, sich in seine Zipperlein hineinzusteigern, wenn Sie verstehen, was ich meine."

MacGregor brummte. Das hatte er sich auch schon zusammengereimt.

„Aber ich habe ihm dann immer viel Tee und Schonkost gekocht. Er wollte auch nicht, dass ich den ganzen Tag hierblieb. Also war das schon okay."

„Hatte Mr Quinn eine Freundin?"

„Nein, Inspector. Ich denke, das hätte ich mitbekommen. Außer natürlich, sie wäre nie hier gewesen."

„Lassen Sie uns doch mal einen Blick in die Garage werfen. Ich möchte nachsehen, ob Mr Quinns Auto noch da ist."

XVIII

Der Wagen des Lehrers war seltsamerweise nicht da. Hatte ihn der Entführer, oder Mörder, mitgenommen? Und wie war er dann zu Quinns Haus gelangt? MacGregor veranlasste, dass nun auch nach dem Fahrzeug gesucht wurde.

Pat hatte einstweilen die Zimmer im oberen Stock in Augenschein genommen, jedoch nichts Verdächtiges entdecken können. Gerade, als sie wieder nach unten ging, trafen Innes und sein Team ein. Sie brachten die Leute von der Spurensicherung auf den neusten Stand und baten Mrs Meyers, sich sofort bei Ihnen zu melden, sollte Mr Quinn wieder nach Hause kommen.

MacGregor und sein Sergeant wollten nun dem zweiten Vermisstenfall nachgehen und fuhren nach Hillside. Es regnete, als sie dort vorfuhren und der Inspector schüttelte sich erneut beim Anblick des düsteren Herrenhauses, über dem dunkle Gewitterwolken dräuten.

Sie gingen direkt zum Büro von Mrs Curtis, der Internatsleiterin. Sie und ihr Stellvertreter hatten die Beamten bereits voller Unruhe erwartet.

„Du liebe Güte, Inspector, Sergeant!", jammerte sie

gleich darauf los, ohne die beiden richtig zu begrüßen. „Zwei verstorbene Lehrkräfte und nun werden auch noch drei vermisst! Was werden Sie jetzt tun?"

Tatsächlich hatten noch mehr Eltern angekündigt, ihre Kinder abzuholen. Ganz abgesehen davon konnten sie den normalen Unterrichtsbetrieb mit fünf Lehrern weniger nicht mehr aufrechterhalten.

„Sie müssen etwas unternehmen, Inspector. Und zwar schnell!", schaltete sich Mr Jones ein, der ebenfalls auf Begrüßungsfloskeln verzichtet hatte.

„Dann bringen Sie uns doch bitte zur Wohnung von Mr Gilbert", bat MacGregor, um Effizienz zu demonstrieren.

Dankbar, etwas tun zu können, erhob sich der Schulleiter. „Das mache ich, Eileen. Du hast ja hier genug um die Ohren."

Tatsächlich klingelte in eben jenem Moment das Telefon auf ihrem Schreibtisch. Ihre Sekretärin stellte ihr schon den ganzen Vormittag Anrufe von aufgebrachten Eltern durch.

* * *

Die Wohnung des Sportlehrers hatte den gleichen Schnitt wie die von Mr Gibbs. Die Einrichtung war jedoch eher spartanisch. Mr Gilbert hatte an seinem kleinen Esstisch nur zwei Stühle stehen und Bücherregale oder dergleichen gab es nicht. Dafür befanden sich in sämtlichen Räumen unzählige Sportgeräte, wie ein Rudergerät, eine Hantelbank und ein Crosstrainer. Im

Schlafzimmer standen die Türen der beiden Kleiderschränke offen.

„Standen die Schranktüren schon offen, als Sie heute Morgen nach ihm gesucht haben?", informierte sich der Inspector.

„Ja, tatsächlich. Das hat mich, ehrlich gesagt, anfangs auch ein wenig verwundert, aber dann habe ich es wieder vergessen. Sie müssen verstehen, hier geht es drunter und drüber", entschuldigte sich der Schulleiter.

Pat trat vor die Schrankwand, die aus zwei relativ großen Schränken bestand. In einem schien der Sportlehrer seine Trainingskleidung aufzubewahren, im anderen fanden sich normale Kleidungsstücke für den Alltag, wie Jeans, Pullover, Unterwäsche und dergleichen sowie zwei Anzüge und ein paar Hemden. Einige Schrankfächer waren jedoch leer. „Wir sollten vorsichtshalber noch im Bad nachsehen."

Sie ging voran, öffnete die Badezimmertür und schnüffelte. Mr Jones schaute ihr einigermaßen erstaunt dabei zu, konnte sich jedoch zu keiner Frage durchringen. Warum eine junge Frau im Bad eines Mannes nach Duftnoten suchte, war ihm ein Rätsel, das er jedoch nicht unbedingt aufklären musste.

„Also ich rieche nichts", sagte MacGregor, der ebenfalls ins Bad getreten war und keinen Chlorgeruch wahrgenommen hatte.

„Ich auch nicht", erwiderte Pat.

„Wann haben Sie Gilbert das letzte Mal gesehen, Mr Jones?"

„Gestern Abend beim Dinner", lautete die prompte Antwort.

„Hat Mr Gilbert einen Wagen?"

„Nein, er hatte mal ein Auto, meinte dann aber, dass sich der Unterhalt hier nicht rentiere. Wir haben nämlich eine sehr gute Anbindung an die öffentlichen Verkehrsmittel."

„Haben Sie die Handynummer von Mr Gilbert?", fragte der Inspector den Schulleiter.

Dieser zog sein Smartphone aus der Tasche und scrollte in seinem digitalen Telefonbuch bis zur gewünschten Nummer.

„Wählen Sie sein Handy doch bitte mal an. Wir wollen wissen, ob es noch in der Wohnung ist", bat der Sergeant.

Tatsächlich klingelte das Smartphone in einer Outdoorjacke, die im Flur an der Garderobe hing. Der Inspector, der Einweghandschuhe trug, holte es heraus und tütete es ein. Es war nicht entsperrt, also musste sich ein Techniker von der Spurensicherung darum kümmern.

Was hatte das zu bedeuten? Wollte Gilbert verhindern, dass man ihn über das Handy orten konnte? Sie mussten nachsehen, ob auch sein Portemonnaie noch hier war. Er entließ den Direktor und erklärte, dass sie nachher zu ihm kommen würden. MacGregor wollte vermeiden, dass er zu viel mitbekam. Er war wie alle Lehrkräfte verdächtig und Mr Quinns Meinung über ihn hatte ihn im Ranking der Verdächtigen deutlich nach oben katapultiert.

Sie durchsuchten sämtliche Zimmer, aber da es nur wenige Möbel gab, waren sie schnell fertig. Gilberts Brieftasche war auch in keiner seiner Kleidungsstücke. Dafür fehlten im Badezimmer seine Zahnbürste, die Zahnpasta und das Rasierzeug. Einen Chlorreiniger fanden sie nirgends, aber das musste nichts heißen, *oder doch?*, überlegte MacGregor.

„Sieht so aus, als wäre unser Vogel ausgeflogen", konstatierte der Sergeant. „Aber schauen Sie mal, was ich eben gefunden habe – Das lag in einer Ecke des Badezimmerschranks." Sie hielt eine Beweismittel-Tüte hoch, in der eine kleine, feuerrote Erbse mit einem schwarzen Auge steckte, das den Inspector unvermittelt anzustarren schien. „Pater Noster!"

Und führe uns nicht in Versuchung, sondern erlöse uns von dem Bösen, dachte der Inspector. Sein Handy klingelte. „Ja! Ach, hallo Innes. … Verdammt! … Ja, danke. Wiederhören!"

„Geben Sie die Fahndung nach Gilbert raus, Sergeant! Treiben Sie ein Foto von ihm auf! Die Spurensicherung hat in Quinns Bad winzig kleine Blutspritzer unter dem Badewannenrand gefunden. Die muss der Täter bei seiner Putzaktion übersehen haben. Das Alter der Blutflecken lässt sich aber nicht feststellen, nur, dass sie älter als eine Stunde sind, weil man sie nicht mehr wegwischen kann. Die DNA-Untersuchung steht noch aus. Sie haben Quinns Zahnbürste eingepackt. Die leere Flasche Chlorreiniger lag allerdings in Quinns Mülltonne. Es sind keine Fingerabdrücke darauf und es handelt sich angeblich um ein gängiges Fabrikat, das man in den meisten Supermärkten bekommt. Innes gibt uns Bescheid, wenn er mehr hat. Ich gehe nochmal rüber und informiere Jones sowie Curtis über das Nötigste. Und fordern Sie Verstärkung an. Fox und ein anderer Constable sollen hier die Leute befragen, ob jemand Gilbert nach dem Dinner noch gesehen hat und ob er eine Reisetasche oder Ähnliches dabeihatte. Außerdem sollen die Kollegen in Stirling und auf Skye versuchen, in die Immobilien von Mrs Roberts zu gelangen. Instruieren Sie sie entsprechend, zwecks Chlorgeruch! Wir beide machen uns dann in ihrem Hauptwohnsitz auf die Suche nach Mrs Roberts."

MacGregor verließ schnellen Schrittes die Wohnung. In seinem Bauch grummelte es. War Mrs Roberts aus freien Stücken geflüchtet, wie es bei Gilbert danach aussah, oder war bei ihr auch eine Fremdeinwirkung, wie sie das bei Quinn annahmen, im Spiel? Alles wurde immer verworrener. Und ein stichhaltiges Motiv für die Morde an Heart und Gibbs hatten sie noch immer nicht. MacGregor hatte selten einen so undurchsichtigen Fall erlebt.

XIX

Pat war dem Inspector gefolgt, nachdem sie alles in die Wege geleitet hatte. Die Sekretärin winkte sie durch und die junge Polizistin betrat das Büro der Internatsleiterin, in dem auch wieder Mr Jones saß. Ihr Chef tat sein Möglichstes, die beiden zu beruhigen, doch sie bemerkte seine Anspannung. Er wollte weiter. Ihr selbst war jedoch noch etwas eingefallen, zu dem sie den Schulleiter kurz befragen musste. Als sich ihr Vorgesetzter erhob, um sich zu verabschieden, fiel sie ihm kurzerhand ins Wort.

„Ich hätte nur noch eine kleine Frage an Sie, Mr Jones." Sie mied dabei den Blick des Inspectors, der bestimmt Missfallen ausdrücken würde. „Sie erwähnten, dass Sie am Montag alle gemeinsam Tippscheine ausgefüllt hätten, da Sie eine Gemeinschaftskasse haben. Wer hat sich denn um die Abwicklung der Wetten beim Buchmacher gekümmert?"

„Oh, das machte immer Ernest", kam schlagartig die Antwort.

„Und wessen Idee war es?"

„Ich habe keine Ahnung." Er blickte hilfesuchend zu Mrs Curtis, doch sie zuckte nur mit den Schultern.

„Und auf was haben Sie gewettet?"

„Ach, wir variieren da. In letzter Zeit waren es

Kombiwetten auf Fußball. Wir ziehen Lose, je nachdem, wie viele Spiele es an einem Wochenende gibt und die, die keine Niete hatten, dürfen ein Kreuzchen setzen. Aber am etwaigen Gewinn sind wir dann alle beteiligt."

Die Spiele der Premier League wurden immer am Samstag oder Sonntag ausgetragen, überlegte Pat. Also war der Tippschein von der vorhergehenden Woche relevant.

„Hat Mr Gibbs das Geld dann auch am Montag immer aufgeteilt, wenn Sie etwas gewonnen hatten?", hakte Taylor nach.

„Ja, aber ich muss sagen, dass wir leider nicht oft gewonnen haben", räumte Jones ein. „Meist war es zu wenig, um es aufzuteilen, es ist dann in die Kaffeekasse des Lehrerzimmers geflossen. Ist das denn wichtig?"

Pat zuckte lediglich mit den Schultern, ehe sie gemeinsam mit ihrem Vorgesetzten das Büro verließ.

„Wir müssen nochmal schnell in die Wohnung von Gibbs. Ich möchte nachsehen, ob der Tippschein von letzter Woche, beziehungsweise der Beleg dafür, noch dort ist", erklärte sie aufgeregt, doch ihr Chef schüttelte den Kopf.

„Nein, geben Sie Fox Bescheid. Das soll er machen. Wir müssen jetzt schleunigst diese Roberts finden, Taylor. Mir gefällt das alles ganz und gar nicht. Ich habe ein schlechtes Gefühl bei der Sache."

„Aber das könnte unser fehlendes Mordmotiv sein, Sir", insistierte Pat.

„Inwiefern?"

„Nun, vielleicht hatten die Lehrer dieses eine Mal Glück und Mr Gibbs hat Mrs Heart vorgeschlagen, dass sie den Gewinn, es muss ein ziemlich großer gewesen sein, wenn er ihnen dazu hätte verhelfen können, vorzeitig in den Ruhestand zu gehen, sozusagen zu unterschlagen. Also ich meine, den anderen Lehrkräften vorzuenthalten", erläuterte sie eifrig.

Doch der Inspector, der immer noch zügig in Richtung Parkplatz voranschritt, schüttelte erneut den Kopf. „Und wen hätte die Heart dann anzeigen wollen? Das passt nicht, Sergeant!"

Doch Pat ließ sich nicht unterkriegen. „Und wenn ein dritter Beteiligter, der auch von dem Gewinn wusste, sich also alle Kreuzchen gemerkt hatte, den Vorschlag gemacht hatte? Das wäre dann natürlich unser Mörder. Und ich denke schon, dass sich der sportbegeisterte Gilbert die Spiele zum Teil auch auf dem Fernseher angesehen hat." Tatsächlich stand in dessen Esszimmer ein großer Flachbildfernseher vor dem Crosstrainer.

„Nun gut, das könnte passen", räumte MacGregor ein, „Aber wir müssen dennoch weiter, Sergeant, das Mordmotiv rennt uns nicht weg, und wenn Sie recht haben, dann finden wir den Tippschein ohnehin nicht in Gibbs Wohnung, weil ihn der Täter, möglicherweise Gilbert, entwendet hat. Er ist jetzt in seinem Besitz – oder noch wahrscheinlicher hat er ihn bereits eingelöst." Mit diesen abschließenden Worten setzte er sich in den Dienstwagen.

Pat stieg ebenfalls ein, allerdings seufzend. Natürlich, da hatte der Inspector wohl recht. Allerdings hing sie in Gedanken weiter ihrer Theorie nach. Wenn sie richtig lag, warum hätte Gilbert dann Quinn beseitigen müssen? Hatte er sich die Wetten ebenfalls eingeprägt? Der Inspector begann zu sprechen und riss sie damit aus ihren Überlegungen.

„Ich habe Mrs Curtis nach Mrs Roberts Familienverhältnissen gefragt", erklärte MacGregor gerade, als sie auf die Hauptstraße abbogen. „Sie ist verheiratet, hat aber keine Kinder. Ihr Mann ist freiberuflicher Journalist, hauptsächlich Kriegsberichterstattung, und momentan irgendwo in Asien unterwegs. Wo genau, wusste die Internatsleiterin nicht, und auch der Schulleiter hatte keine Ahnung."

* * *

Mrs Roberts' Appartement lag in der Altstadt von Stirling, die um die noch gut erhaltene mittelalterliche Burg herum entstanden war. Das große Stirling Castle war auf einem schroffen Vulkanfelsen erbaut worden und vermittelte dem heutigen Betrachter immer noch den Eindruck einer mächtigen Festung. Die einstige schottische Hauptstadt war zwar keine Großstadt, zog jedoch aufgrund der zahlreichen historischen Bauwerke, der günstigen Verkehrslage zwischen Edinburgh und Glasgow sowie dem malerischen Umland, das von sanften Hügeln dominiert wurde, viele Touristen an.

Die beiden Constables, die nachsehen sollten, ob Mrs Roberts sich in der kleinen Wohnung befand, tot oder lebendig, hatten zuvor mit dem Hausverwalter telefoniert. Der hatte sie an den Hausmeister verwiesen, der einen Schlüssel zu der Wohnung besaß. Dieser erwartete die Polizisten bereits rauchend vor dem Haus.

„Guten Tag! Sind Sie Mr Archer?", fragte der ältere Beamte den Mann, der in Arbeitshosen steckte und eben seine Kippe in einen Aschenbecher warf, der neben dem Hauseingang stand.

„Hallo, ja, der bin ich. Mein Chef hat gesagt, ich soll Ihnen 3a aufsperren. Dann kommen Sie mal mit", forderte er die Besucher auf.

Doch der jüngere der beiden Polizisten hatte Einwände. „Entschuldigen Sie bitte, aber wir müssten uns erst versichern, dass niemand öffnet." Er ging zu den Klingelknöpfen und drückte denjenigen, auf dem Roberts stand.

* * *

„Haben Sie Mr Gilbert gestern nach dem Dinner noch einmal gesehen?", fragte Fox im gleichen Moment Mr Fury.

„Ja, er ist, wie beinahe jeden Abend, wenn es nicht gerade wie aus Eimern schüttet, zum Joggen gegangen. Er ist ein sehr sportlicher, durchtrainierter Mann. Ich habe ihn in der Halle getroffen, als er gerade loswollte", antwortete der junge Mann in schleppendem Tonfall. „Manchmal laufe ich mit Larry, aber im Moment habe ich keinen Nerv dafür."

„Wann war das?"

„Das muss ungefähr so um halb acht Uhr gewesen sein."

„Hatte er etwas bei sich? Eine Tasche, einen Rucksack oder irgendetwas in der Art?"

„Nein, warum sollte er zum Laufen Gepäck mitnehmen?", wunderte sich der Lehrer über diese seltsame Frage.

Fox machte sich in Gedanken eine Notiz – die tatsächliche Mitschrift erledigte Currington -, dass Gilbert beim Verlassen des Hauses kein Gepäck dabeigehabt hatte. Vielleicht hatte er die Tasche, oder was auch immer, aus einem Fenster seiner Wohnung in den Garten geworfen und dann aufgesammelt, als er so tat, als würde er joggen gehen. Aber vielleicht fanden sie ja auch noch einen Zeugen, der Gilbert vom Sport zurückkehren sah.

* * *

Auf der Isle of Skye betraten in etwa zur gleichen Zeit ein Sergeant und ein Constable das kleine Ferienhaus der Roberts. Sie hatten zunächst eine Frau im nächstgelegenen Dorf ausfindig gemacht, die in Abwesenheit der Besitzer ab und an nach dem Rechten sah und deswegen einen Schlüssel hatte. Sie hatte ihnen diesen bereitwillig ausgehändigt, hatte jedoch selbst keine Zeit, sie zu begleiten, da sie ihren Enkel aus dem Kindergarten abholen musste.

Der Bungalow lag erhöht über einem Fischerdorf auf einer Kuppe und man hatte einen atemberaubenden Blick aufs Meer, zu dem man allerdings nur über eine ziemlich lange Steiltreppe gelangen konnte. Skye war die größte der Insel der Inneren Hebriden und an der Küste gab es viele zerklüftete Halbinseln, und auf eben einer solchen stand das Ferienhaus. Das Landesinnere hinter dem Bungalow wurde von hohen Bergen und Lochs dominiert. Den Urlaubern bot sich also eine überaus abwechslungsreiche und vielseitige Landschaft.

Die Tür quietschte leise in den Angeln. Dahinter befand sich noch ein Fliegengitter, was durchaus Sinn machte, denn Midges, kleine Stechmücken, gab es besonders viele auf der Insel.

* * *

Die Roberts bewohnten ein Cottage am südlichen Stadtrand von Elgin. MacGregor fuhr an einem Golfplatz vorbei und bog dann rechts in die Dunnottar Road ein. Er parkte den Wagen direkt vor dem Haus. Allerdings hatte er es versäumt, anders als die Kollegen in Stirling und auf Skye, Vorsorge dafür zu treffen, dass sie auch hineinkamen. Er betätigte den Türklopfer in der Hoffnung, dass Mrs Roberts am Leben war und nur vergessen hatte, sich in der Schule krank zu melden. Doch sein Bauchgefühl sagte ihm etwas anderes. Er klopfte erneut, doch niemand öffnete.

Pat, die hinter ihm gestanden hatte, trat neben ihn und drehte am Türknauf. Die Tür schwang auf.

„Sesam, öffne dich", flüsterte sie zuerst schelmisch. Doch dann ergriff auch sie eine böse Vorahnung.

* * *

Innes, der eben mit seinem Team in Mr Quinns Haus fertig geworden war, schickte MacGregor eine Nachricht, die Kurzfassung ihrer Ergebnisse. Der Inspector hatte ihn um einen vorläufigen Bericht gebeten und der Leiter der Spurensicherung, ein äußerst gewissenhafter Mann, der zudem hier noch neu war, kam seiner Bitte natürlich augenblicklich nach:

„Im Bad nur Quinns Fingerabdrücke und die der Haushälterin. Sonst nichts Auffälliges. Labor braucht für DNA-Abgleich mindestens acht Stunden. Melde mich dann. Gruß, Innes."

Sie hatten Mrs Meyers Fingerabdrücke genommen und die von Quinn mit denen auf den Tasten seines Flügels abgeglichen. Die Haushälterin hatte ihnen glaubhaft versichert, dass der Lehrer niemanden an sein Heiligtum, einen Steinway, heranließ. Sie durfte ihn nicht einmal abstauben.

Der Analyseprozess der DNA, der in einem unabhängigen Labor von Molekularbiologen, die auf Honorarbasis für den Erkennungsdienst arbeiteten, erfolgte in mehreren Schritten. Man konnte die Dauer nicht verkürzen, da bestimmte Geräte einfach eine gewisse Zeit benötigten. Zunächst musste die in einer Probe enthaltene DNA mittels Polymerase-Kettenreaktion vervielfältigt werden. Danach wurde sie anhand von sechzehn Merkmalen typisiert. Im Anschluss daran wurden die Merkmale ausgewertet und in einer Grafik dargestellt. Die Ergebnisse wurden letztendlich in eine eindeutige Zahlenkombination umgewandelt, die man dann mit anderen Codes vergleichen und gegebenenfalls in einer Datenbank speichern konnte.

XX

Wie es aussah, würde MacGregor auch heute den Tanzkurs ausfallen lassen müssen. Mrs Roberts lag mit eingeschlagenem Kopf bäuchlings in ihrer Diele. Auf ihrem Rücken hatte man die mutmaßliche Tatwaffe, ein 7er Eisen platziert. Der Schlägerkopf war blutig.

„Scheiße!", entfuhr es Pat und ihr Vorgesetzter pflichtete ihr innerlich bei. Er bückte sich hinab, um den Puls zu fühlen, doch er wusste bereits instinktiv, dass dies ein vergebliches Unterfangen war. Die Lehrerin war schon länger tot. Die Leiche war kalt und die Starre hatte sich bereits gelöst. Zudem lag ein leichter Verwesungsgeruch in der Luft. Da es im März noch relativ kühl war und Mrs Roberts auch nicht geheizt hatte, war der Leichengeruch für MacGregor, der weit schlimmere Verwesungsstadien von Opfern zu Gesicht bekommen hatte, noch erträglich. Sein Sergeant allerdings hatte mit leichter Übelkeit zu kämpfen.

„Ich würde sagen, sie ist mindestens seit 48 Stunden tot", erklärte der Inspector und Taylor nickte nur kurz, um sich dann von der Leiche abzuwenden.

Anscheinend hatte man die Frau von hinten erschlagen, gleich nachdem sie ihren Mörder eingelassen hatte. Sie musste ihn entweder gekannt haben oder zumindest hatte sie keinen Argwohn geschöpft. Einen

Golfschläger hinter dem Rücken zu verbergen war nicht leicht, überlegte der Inspector, doch der Golfplatz nebenan war fußläufig in maximal zwei Minuten erreichbar, so schätzte er zumindest. Hatte der Täter vorgegeben, einen Ball in den Garten der Roberts geschlagen zu haben? Mit einem 7er Eisen konnte man Distanzen bis zu 170 Yards spielen. Im Flur standen zwei Golftaschen. Also spielten die Roberts wahrscheinlich selbst Golf. Mrs Roberts hätte keinen Verdacht geschöpft. Oder hatte der Täter einen anderen Vorwand erfunden?

Pat, die sich zusammenriss, rief Innes an. Auch er fluchte, versprach jedoch, sich zu beeilen.

„Meinen Sie, dass das Rashids Schläger ist?", fragte der Sergeant, denn Pat spielte nicht Golf und kannte sich demnach auch nicht mit den Arten der Golfschläger aus.

„Gut möglich, in der Tasche des Jungen fehlte ein 7er Eisen", räumte der Inspector ein. „Und die Marke ist auch die gleiche", ergänzte er.

„Dann muss der Mörder also aus der Schule sein. Ich finde, dass Gilbert immer verdächtiger wird. Er wollte wohl keinen seiner eigenen Schläger für die Tat verwenden", fasste Pat im Wesentlichen das zusammen, was sich auch schon ihr Vorgesetzter, der nun zustimmend brummte, gedacht hatte.

MacGregors Handy klingelte. Er bestätigte den Anruf, meldete sich und lauschte. „Gut, finden Sie heraus, welchen Anwalt Quinn hatte und befragen Sie ihn bezüglich seines Testaments." Als er wieder aufgelegt hatte, las er noch die Nachricht von Innes, die er eben erst bemerkt hatte.

„Ihre *Tippschein-Theorie* hat sich genauso wie die *Mörder-Ahoi-Theorie* in Luft aufgelöst, Taylor. Fox hat den Beleg von letzter Woche gefunden und nachgesehen. Die Lehrer haben nichts gewonnen. Der Einzige, der Gilbert nach dem Dinner noch gesehen hat, war dieser Fury. Er sah ihn, als er zum Joggen ging, etwa um halb acht Uhr. Aber er hatte kein Gepäck dabei. Der Constable hatte die Idee, dass er dieses aus einem Fenster seiner Wohnung in den Garten geworfen und danach aufgelesen haben könnte. Wäre möglich, was meinen Sie?"

Pat gestand zähneknirschend ein, dass dies eine Option darstellte. Sie hatte nichts gegen Fox' Geistesblitz einzuwenden, doch es wurmte sie, dass nun auch ihre dritte Theorie zum Mordmotiv geplatzt war. Ihr Chef war wenigstens so rücksichtsvoll gewesen und hatte die zweite, die sich als absolute Schnapsidee herausgestellt hatte, nicht angesprochen.

„Wir müssen noch versuchen, die Handynummer ihres Mannes zu finden. Wir müssen ihm Bescheid geben, dass man seine Frau ermordet hat", sagte MacGregor und unterbrach damit ihren Gedankengang.

Sie schauten sich nach dem Handy der Verstorbenen um, doch sie konnten es nicht finden.

„Ich habe die Nummer ja eingespeichert. Ich versuche es mal anzuklingeln", meinte Pat nach einer Weile der vergeblichen Suche, zog ihr Mobiltelefon aus der Hosentasche und wählte. Doch es war kein Klingelton zu hören, auch nicht im oberen Stock.

„Wenn wir nur wüssten, in welchem asiatischen Land sich Roberts derzeit aufhält. Dann könnten wir wenigstens die britische Botschaft dort informieren. Die könnte ihn dann mit den dortigen Behörden ausfindig machen", meinte der Inspector ein wenig zerknirscht. Eigentlich wäre ihm diese Option sogar lieber, denn Angehörige über den Tod eines geliebten Menschen aufzuklären, fiel ihm, wie den meisten seiner Kollegen, nicht unbedingt leicht.

„Wenn das Gerät noch im Haus ist, können die Leute von der Technik es finden. Es gibt Apps für Android- Smartphones und iPhones, die das Handy klingeln lassen, auch wenn es auf lautlos gestellt ist. Sogar wenn der Akku leer ist, kann man es orten."

„Na, wenn Sie sich so gut auskennen, warum erledigen Sie das nicht gleich selbst?", verlangte ihr Vorgesetzter erstaunt zu wissen. Er hatte davon nämlich noch nie gehört.

„Ich kann das nicht erledigen, denn für ein iPhone bräuchte ich die Apple-ID-Daten des Opfers und bei einem Android-Smartphone muss ich mich in das Google-Konto einloggen, das Mrs Roberts für ihr Gerät genutzt hat", erläuterte Pat dem Inspector so einfach wie möglich, da sie wusste, dass er in Sachen IT nicht auf dem neuesten Stand war.

Bis die Spurensicherung eintraf, wollten sich die beiden noch ein wenig im Garten umsehen, doch sie konnten nichts Auffälliges bemerken. Einen Golfball fanden sie jedenfalls nicht. Nach der Ankunft von Innes und seinem Team fuhren der Inspector und sein Sergeant zum Golfplatz. Es war zwar unwahrscheinlich, dass der Mörder hier tatsächlich gespielt hatte, aber sie mussten der Sache nachgehen. MacGregor hatte überlegt, ob sie damit warten sollten, bis der Todeszeitpunkt feststand, doch sie hatten ja etwas, das sie vorzeigen konnten.

Pat hatte für die Fahndung ein Foto Gilberts auf der Homepage von Hillside herausgesucht. Er stand an Deck der „Moray Spirit" und sowohl sein Gesicht als auch seine Statur waren gut erkennbar. Sie zeigten das Bild der Empfangsdame.

„Ja, natürlich, das ist Mr Gilbert, Sir. Er ist bei uns Mitglied. Er ist ein ganz freundlicher Mann, wir mögen ihn hier alle sehr. Er sagt, dass er hier lieber spielt als an der Schule. Die haben in Hillside ja auch einen eigenen Golfplatz. Aber unserer ist besser, sagt er", erläuterte die Frau, die MacGregor auf Anfang fünfzig, also im Alter des Verdächtigen, schätzte. Vielleicht erklärte das auch ihre offensichtliche Zuneigung für einen Mann, der ihm absolut unsympathisch war. Wahrscheinlich fand die Frau diesen aufgeblasenen Schnösel, der ihr Tatverdächtiger Nummer eins war, auch noch attraktiv. Aber wenigstens war Taylor geheilt und hatte erkannt, was es wirklich mit dem vermeintlich schönen Hünen auf sich hatte.

„Wann war denn Mr Gilbert das letzte Mal hier, Mrs Hayes?", fragte MacGregor ein wenig spitz. Die

Frau hatte ein Namensschildchen vor sich auf der Theke stehen.

Doch die Frau schien den schroffen Tonfall des Beamten nicht registriert zu haben. Sie erwiderte äußerst zuvorkommend: „Lassen Sie mich kurz nachsehen, Sir. Wir notieren nämlich wegen der Statistik, wann unsere Gäste, und nicht nur die Mitglieder, spielen. Das ist ganz neu, wissen Sie. Da geht es um irgendwelche Reformen zwecks Greenfee. Dann wissen wir nämlich auch, wann und wo unsere Mitglieder noch spielen …"

Die Greenfee war eine Gebühr, welche die Golfer bei einem Club, bei dem sie nicht Mitglied waren, bezahlen mussten. In Schottland gab es 550 Golfplätze. Wenn man Mitglied in einem Golfclub war, aber auch woanders spielen wollte, gab es für die sogenannten Greenfee-Spieler vergünstigte Konditionen.

Lawrence Gilbert hatte das letzte Mal vor über einer Woche gespielt. Damit war auszuschließen, dass er eben mal zu Mrs Roberts hinübergegangen war. Er musste sie direkt aufgesucht haben. Da er keinen eigenen Wagen besaß, mussten sie herausfinden, ob er sich einen von einem Kollegen oder sonst wem geborgt hatte. Oder aber er war mit dem Bus gefahren. Vielleicht war einem Fahrer jemand mit einem einzelnen Golfschläger aufgefallen. Sie mussten in jedem Fall die Buslinien überprüfen und sehen, welche für die Dunnottar Road infrage kamen. Das Auto von Quinn konnte Gilbert da noch nicht benutzt haben. Er war erst nach Mrs Roberts Tod verschwunden.

„Was ich nicht verstehe, Sir, ist, warum hat Gilbert die Leiche von Quinn beseitigt, die von Roberts aber liegen gelassen?"

MacGregor hatte sich diesbezüglich auch schon seine Gedanken gemacht. „Ich glaube, dass er nicht wusste, ob Quinn nicht seiner Haushälterin seinen Namen genannt hatte. Sie erinnern sich? Sie wusste vom Besuch eines Kollegen. Und wenn wir keine Leiche haben, dann wird es schwer, ihm die Tat nachzuweisen. Und bei Mrs Roberts ist er ja nur scheinbar zufällig vorbeigekommen. Da hätten wir keinerlei Anhaltspunkte, dass er der Mörder war."

„Schon", wandte der Sergeant zögernd ein, „aber er hat nebenan eine Mitgliedschaft in einem Golfclub. Er hätte sich doch denken müssen, dass wir dahingehend recherchieren. Und warum ist er dann geflüchtet? Das lenkt ja den Verdacht erst recht auf ihn."

Der Inspector zögerte ein wenig, bevor er antwortete. Die Einwände von Taylor waren durchaus berechtigt. „Um ehrlich zu sein, ich weiß es nicht. Aber nicht jeder Mörder muss ein Verbrechergenie sein. Und vielleicht hat er einfach kalte Füße bekommen und hat sich deswegen vom Acker gemacht."

* * *

„Der Stiftungsrat hat für morgen früh um 10 Uhr eine Krisensitzung anberaumt. Die Presse hat von der Sache mit Jane Roberts erfahren und es wird nicht lange dauern, bis sie über die anderen beiden Todesfälle stolpern. In den sozialen Medien werden sich schon Eltern oder Schüler zu den Vergiftungen geäußert haben. Ich befürchte, wir müssen die Pforten von Hillside schließen. Ich denke nicht, dass wir uns von so einem Skandal erholen können", schloss Mrs Curtis.

Sie und Mr Jones, der ihr wieder einmal in ihrem Esszimmer gegenübersaß, nahmen zeitgleich einen großen Schluck Whisky.

XXI

Die Frage lautete in ihrem gegenwärtigen Fall nicht *Cui bono?*, also wer profitierte von den Morden, sondern: *Warum* profitierte der verschwundene Lawrence Gilbert von den Morden? Sie kannten nach wie vor das Motiv nicht.

Pat hatte vorgeschlagen, ein sogenanntes Investigation Board auf der Wache einzurichten. MacGregor ließ sie machen. Er kannte die Dinger natürlich, hatte schon Fortbildungen diesbezüglich absolvieren müssen. Er war aber kein Mensch, der in Mind Maps und dergleichen seine Gedanken reflektieren konnte. Es war mittlerweile acht Uhr abends. Er wartete auf den Anruf von Innes und hoffte auch auf einen des Pathologen bezüglich des Todeszeitpunkts. Doch bei letzterem war er sich nicht sicher, ob er diesen heute noch erhalten würde. Er hatte Fox auf das Testament von Quinn angesetzt. Sein Anwalt hatte sich ein wenig geziert, da ja noch nicht erwiesen, war, dass er überhaupt tot war. Doch der Constable hatte in Erfahrung bringen können, dass kein Testament existierte. Der Rechtsvertreter hatte diese Auskunft nur äußerst widerwillig erteilt, aber er konnte ja seine Schweigepflicht schwerlich wegen etwas verletzten, dass es überhaupt nicht gab. Mrs Meyers konnten sie also getrost von der Liste der Ver-

dächtigen streichen, wenn sie überhaupt jemals ernst-
haft dazugezählt hatte. Es blieb die Frage, ob sie nach
dem nächsten erbberechtigten Verwandten suchen sollten. MacGregor beschloss, dass dies beim momentanen
Stand der Ermittlungen vertane Liebesmüh wäre und
ging in Gedanken durch, was sie morgen noch alles zu
erledigen hatten.

Um kurz vor neun Uhr rief Innes endlich an. Sie
hatten eine Übereinstimmung. Die Blutflecken, die der
Mörder übersehen hatte, waren von Quinn. Auf dem
Golfschläger konnten allerdings keinerlei Fingerabdrücke sichergestellt werden. Entweder hatte der Angreifer
Handschuhe getragen oder den Griff und den Schaft
abgewischt.

* * *

Am anderen Morgen brachen Fox und Currington
nach Elgin auf. Der Pathologe hatte den Todeszeitpunkt von Mrs Roberts auf Montagnachmittag bis
abends, circa zwischen 15 und 20 Uhr festlegen können. Eine genauere Eingrenzung war ihm nicht möglich, dafür war die Leiche schon zu alt. Bis zu 36 Stunden nach dem Auffinden einer Leiche konnte man
durch das Abbaumuster von Proteinen in der Skelett-
muskulatur einen genaueren Todeszeitpunkt feststellen.
Zehn Tage später gab der Insektenbefall Aufschluss. In
ihrem Fall schied beides aus, lediglich die konstante
Umgebungstemperatur im Cottage war hilfreich gewesen. Die Todesursache war beinahe offensichtlich. Mrs

Roberts hatte mit dem Eisen zwei heftige Schläge auf den Hinterkopf bekommen und war mit einiger Wahrscheinlichkeit schon nach dem ersten sofort tot gewesen. Die beiden Constables konnten sich nun also in der Zentrale die Namen der Fahrer der beiden Buslinien geben lassen, die Haltestellen in der Nähe des Cottages der Roberts hatten. Sie mussten nur die entsprechenden Schichten mit dem Tatzeitraum abgleichen.

Die Leute von der Technik hatten sich in Mrs Roberts PC gehackt, konnten das Handy jedoch nirgends orten. Der Täter hatte es wahrscheinlich mitgenommen und zerstört. Vielleicht hatte Gilbert sein Kommen angekündigt, überlegte der Inspector. Auf seinem Handy hatten sie allerdings keine Nachrichten über Verabredungen gefunden. Eventuell hatte er noch ein zweites Gerät, das er auf der Flucht bei sich hatte. Wie konnten sie dieses, und damit den Flüchtigen selbst, ausfindig machen?

Er klappte seinen Laptop auf und schrieb eine E-Mail an den Witwer. Die Spurensicherung hatte zumindest seine Mailadresse herausfinden können. Hoffentlich las er diese Nachrichten auch regelmäßig. Wenn bis heute Nachmittag keine Antwort von ihm da war, mussten sie nach anderen, entfernteren Verwandten suchen und diesen die traurige Nachricht überbringen. Keiner der Roberts hatte Geschwister und ihrer beider Eltern waren bereits verstorben. Da Mr Roberts selbstständig war, konnten sie also nicht einmal bei seinem Arbeitgeber anklopfen.

MacGregor rief Taylor zu sich ins Büro, um sie auf den neuesten Stand zu bringen.

„Dann wurde Mrs Roberts also getötet, während die Suchaktion nach Rashid lief", rekonstruierte sie den ersten Tag der Woche.

Der Inspector nickte und knüpfte an ihre Überlegungen an. „Gilbert muss sich zwei Schläger genommen haben, hat die Golftasche dann zurückgebracht und unter dem Bett des Jungen versteckt. Danach hat er den Zettel auf den Schreibtisch gelegt. Die Suchaktion hat ja ein kleines Chaos ausgelöst. Wahrscheinlich diente dieses ihm als Ablenkungsmanöver, sodass er die Schule unbemerkt verlassen und zurückkehren konnte. Hat Gilbert eigentlich ein Fahrrad, Sergeant?"

„Ich weiß es nicht, aber damit hätte er natürlich ebenso gut nach Elgin gelangen können. Von der Schule aus sind es etwa zehn Meilen. Für einen Mann mit seiner Kondition wäre das kein Problem. Lassen Sie mich im Internet kurz nachsehen, wie lange man für diese Distanz mit dem Rad braucht." Sie verließ das Büro ihres Vorgesetzten und ging zurück zu ihrem Schreibtisch, auf dem ihr Laptop stand. Sie tippte ein paar Suchbegriffe ein, wurde schnell fündig und kehrte zurück. „Der Weg ist meist eben, nur stellenweise leicht hügelig. Er hätte wohl maximal eine Stunde hin und eine Stunde zurück gebraucht. So fit wie er war, wahrscheinlich deutlich weniger. Und mit einem E-Bike ginge es natürlich noch schneller. Es lag also durchaus im Bereich des Möglichen. Ich habe mich auch gefragt, warum Mrs Roberts überhaupt in Elgin war, wenn sie doch die anderen Tage, an denen sie nicht unterrichtete, meist in Stirling war und die Lokalgeschichte erforschte. Soll ich dort einmal anrufen?"

„Tun Sie das, Sergeant Dann lassen Sie uns nach Hillside aufbrechen und in Erfahrung bringen, ob Gilbert ein Fahrrad hatte oder ob ihm jemand seinen Wagen geliehen hat. Und wir, oder vielmehr Sie, müssen auch noch die Bantrys befragen."

Doch der Sergeant presste die Lippen aufeinander. „Dazu wollte ich Ihnen noch etwas vorschlagen. Ich habe mir überlegt, ob ich Mrs Bantry nicht alleine irgendwo abpasse. Sie schien sich sehr auf ihren Mann zu stützen. Vielleicht gibt sie mehr preis, wenn er nicht dabei ist. Und wenn Sie vielleicht auch nicht dabei wären. Sie wissen schon, so eine von-Frau-zu-Frau-Unterhaltung."

„Gute Idee, Sergeant! Hoffentlich kommt etwas dabei heraus."

Nachdem Pat telefoniert hatte, fuhren sie los. Mrs Roberts hatte in Stirling ein Projekt abgeschlossen und wollte das nächste, die Organisation eines Reenactments, genauer die Nachstellung der historischen Schlacht von Stirling Bridge 1297 im Zuge der Schottischen Unabhängigkeitskriege unter Andrew Murray und William Wallace, erst in drei Wochen angehen. Hatte sie Gilbert von ihrem, wie Pat es insgeheim nannte, „Braveheart-Projekt" erzählt? Wusste er, dass er sie zu Hause antreffen würde? Oder war es, wie ihr Chef vermutete und sie hatten sich per Handy verabredet?

* * *

„Der Stiftungsrat hat entschieden, dass wir die Pforten von Hillside schließen, solange die Mordermittlungen andauern, Inspector. Die Schüler werden bis spätestens morgen alle nach Hause zurückkehren. Die Lehrkräfte und die Hauseltern, also alle, die hier wohnen, einschließlich mir selbst, können natürlich hier wohnen bleiben, so auch die Stipendiaten, sofern sie es wünschen. Die Angestellten, also das Küchenpersonal, die Reinigungskräfte und so weiter machen in der Folge eine Art Kurzarbeit. Die Lehrer und ich werden wohl unbezahlten Urlaub nehmen müssen, zumal die Eltern bestimmt die Schulgebühren zurückerstattet haben wollen. Aber letztendlich muss das noch mit der Versicherung abgeklärt werden", fasste Mrs Curtis die Beschlüsse der heutigen Krisensitzung knapp zusammen.

„Wer von den Stipendiaten bleibt denn hier?", wollte der Ermittler wissen, der alleine ins Büro der Internatsleiterin gegangen war.

„Nur die Schülerin aus Nordirland fährt heute noch zu ihren Eltern. Die anderen können wir gar nicht von heute auf morgen nach Hause schicken. Die Flüge müssen ja erst gebucht werden."

Der Ermittler nickte. „Wissen Sie zufällig, ob Mr Gilbert ein Fahrrad hatte?"

„Ja, er hat sogar mehrere. Ein Rennrad, ein Mountainbike und neuerdings auch ein E-Bike. Er meinte, er würde auch nicht jünger."

„Wo befinden sich Mr Gilberts Fahrräder?"

„Wir haben einen großen Fahrradkeller. Sie können ihn sich von Mr Bantry aufsperren lassen. Er ist nicht nur der Hausvater der Jungen, er übernimmt bei uns auch Hausmeistertätigkeiten und dazu gehört die Instandhaltung der schuleigenen Räder. Mr Gilbert hat ihm immer wieder diverse Reparaturen aufgetragen, wenn bei einer Fahrradtour etwas kaputtging. Er hat die Schüler bei den Ausflügen mit dem Mountainbike im Gelände ziemlich rangenommen und da blieben natürlich Schäden nicht aus. Leider nicht nur an den Rädern, um ehrlich zu sein. Mr Jones hat sich ihn deshalb erst kürzlich zur Brust genommen. Drei verletzte Schüler bei einem Ausflug!"

Mrs Curtis hielt kurz inne und rieb sich die Stirn. „Ich kann es gar nicht fassen, dass er all die Menschen getötet haben soll. Sicher, er war nicht zimperlich, er war Soldat und hat im Krieg wahrscheinlich schon Menschen getötet, aber das? Ich kann das gar nicht glauben." Sie schüttelte fassungslos den Kopf. „Warum nur hat er das getan?"

MacGregor ließ die Frage unbeantwortet. Dass sie hinsichtlich eines Motivs noch völlig im Dunkeln tappten, wollte der Inspector natürlich nicht eingestehen. Lediglich was den Mord an Mrs Roberts betraf, hatten sie eine Vermutung, nämlich dass ihr Mrs Heart etwas anvertraut hatte. Warum Gilbert Heart und Gibbs ermordet hatte, war bislang vollkommen unklar. Bei Quinn lag die Sache ähnlich wie bei Roberts. Vielleicht hatte er ebenfalls etwas gehört oder gesehen, das Gilbert gefährlich werden konnte.

„Mochten Sie Mr Gilbert?" Die Frage war MacGregor aus Neugierde herausgerutscht, doch die Internatsleiterin schien nicht zu bemerken, wie unprofessionell sie war und antwortete aufrichtig.

„Ehrlich gesagt: Nein! Ich meine, er war ein guter Sportler und versuchte den Kindern wirklich etwas beizubringen, aber irgendwie … ich kann es schwerlich in Worte fassen, was mich an ihm störte. Er war mir gegenüber immer freundlich, sogar ausgesucht höflich, aber … Es tut mir leid, ich kann es nicht beschreiben."

Der Inspector verstand. Sie wollte wohl nicht überheblich wirken. Wahrscheinlich teilte sie seine Einschätzung, dass er ein aufgeblasener Wichtigtuer war, doch das würde er als Institutionsleitung an ihrer Stelle ebenfalls keinem Polizisten auf die Nase binden.

„Haben sich Mrs Roberts und Mr Quinn gut verstanden?", fragte er deshalb, um das Thema zu wechseln.

„Ich weiß nur, dass sie keinen Streit hatten. Aber ich muss leider sagen, dass Mr Quinn hier allgemein nicht sonderlich beliebt war."

„Was meinen Sie, woran lag das?"

„Nun ja, er war häufig krank und er war überhaupt nicht belastbar. Ihm wurde alles schnell zu viel. Die Organisation der Schulgottesdienste, und die der Schulkonzerte, für die er ja mit zuständig war, wuchsen ihm schnell über den Kopf, und häufig blieb dann die Arbeit an den Kollegen hängen. Mr Jones meinte, er wäre faul oder auch bequem und nicht krank."

„Und teilen Sie seine Meinung, dass er ein Simulant war?", hakte der Inspector nach.

„Man soll ja nicht schlecht von den Toten reden, aber ja, ich glaube, an der Einschätzung meines Stellvertreters ist etwas Wahres dran."

„Wann hatten Mr Quinn und Mr Gilbert am Dienstag Unterrichtsschluss?"

„Da muss ich nachsehen, warten Sie kurz." Sie fuhr ihren Rechner hoch und klickte das Programm mit den Stundenplänen an. Es dauerte eine Weile, bis sie die gewünschte Auskunft erteilen konnte. „Ich mache das nicht oft, mit der Organisation des Unterrichts habe ich ja nicht so viel am Hut. Aber Mr Quinn hatte am Dienstag um 16.45 Uhr Schluss, Mr Gilbert um 17.30 Uhr."

Quinn vor dem Dinner umzubringen, war also zeitlich nicht möglich. Gilbert musste gepackt haben und dann zum Abendessen gegangen sein. Danach gab er vor, um halb acht Uhr zum Joggen zu gehen, brach aber mit seinem Gepäck zu Quinn auf.

MacGregor wechselte erneut das Thema. „Hat Gilbert Sie einmal gefragt, ob Sie ihm Ihren Wagen leihen würden?"

„Nein", kam die prompte Antwort, „denn ich besitze gar kein Auto."

„Wissen Sie, wer von den Lehrern, die hier wohnen, eines hat?"

„Ja, natürlich: Mr Jones, Ms Dubois, Mr Russo und Mr Singh."

Gut, dann wusste er ja, wen er im Anschluss zu befragen hatte.

„Bloß noch eine letzte Auskunft bitte, Mrs Curtis."

„Nur zu Inspector, im Moment habe ich alle Zeit der Welt", erwiderte sie bitter.

„Keine Sorge, Ma'am, wir werden Gilbert bestimmt bald aufspüren und den Fall damit abschließen können", versuchte er sie zu beschwichtigen. „Können Sie sich erinnern, dass Sie Gilbert am Montag nach seinem Bushcraftingkurs, als wir nach Rashid suchten, gesehen haben?"

Sie überlegte sichtlich angestrengt, konnte aber nichts Definitives dazu sagen. „Entschuldigen Sie, aber zu diesem Zeitpunkt war ich mit anderen Dingen beschäftigt. Ich kann weder sagen, dass ich ihn wahrgenommen habe, noch dass ich ihn nicht gesehen habe. Tut mir leid."

Und damit war sie, wie der Inspector im Zuge seiner weiteren Befragungen feststellen musste, nicht alleine. Außerdem hatte niemand der PKW-Besitzer seinen Wagen an Gilbert verliehen. Fox, der ihn kurz vor Mittag angerufen hatte, konnte ebenfalls mit keinerlei Ergebnissen aufwarten. Keiner der Busfahrer hatte Gilbert auf dem Foto erkannt und an einen Mann, der einen einzelnen Golfschläger bei sich trug, konnte sich auch keiner erinnern. Demzufolge war wohl das neu erstandene E-Bike Gilberts zum Einsatz gekommen. Und wie war er zu Quinn gekommen? Dort hatten sie kein Fahrrad gefunden. Wieder weggefahren musste der Sportlehrer mit dessen Auto und der Leiche im Kofferraum sein. Quinn hatte einen großen Kombi gefahren. Es lag also im Bereich des Möglichen, seinen Körper und ein Fahrrad gleichzeitig zu transportieren.

MacGregor rief Fox an. Er sollte recherchieren, wie es mit der Anbindung an den öffentlichen Nahverkehr zu Mr Quinns Dorf aussah und sollte dann mit Currington erneut losfahren, um die Busfahrer, die zwischen Dienstagabend ab halb acht Uhr und Mittwochmorgen vor neun Uhr Dienst hatten, zu befragen.

XXII

Pat hatte derweil Mrs Bantrys aufgelauert, um sie alleine sprechen zu können. Sie hatte sich auf einen Stuhl am Gang, der hinter einer Pflanze stand, in Sichtweite gesetzt, ihre Krücke hatte sie neben sich an die Wand gelehnt. Immer, wenn jemand vorbeikam, massierte sie ihren verletzten Knöchel. Es sollte so aussehen, als gönnte sie sich eine Ruhepause. Tatsächlich kamen aber nicht viele Leute vorbei und wenn dann meistens Schüler, die aufgeregt plapperten und ihr keinerlei Aufmerksamkeit schenkten. Die unvorhergesehenen und vorgezogenen Ferien boten genügend Gesprächsstoff und Vorfreude machte sich auf den meisten Gesichtern breit. Mrs Bantry, die Pat ebenfalls übersehen hatte, hatte die Wohnung erst vor fünf Minuten verlassen. Sie folgte ihr in gebührendem Abstand und tat dann so, als habe sie sie gesucht. Die Hausmutter war im Mädchenflügel in einem der kleinen Schlafsäle, wo sie den jüngeren Mädchen beim Packen half. Als Pat sie um ein Gespräch unter vier Augen bat, zeichnete sich die nackte Angst auf ihrem Gesicht ab.

* * *

MacGregor klingelte zur gleichen Zeit an der Wohnungstür der Hauseltern und Mr Bantry öffnete ihm.

„Guten Tag, Mr Bantry. Mrs Curtis meinte, Sie wären so nett und würden mit mir in den Fahrradkeller gehen. Ich habe dort etwas zu überprüfen."

„Aber natürlich, Inspector. Nur einen kleinen Moment, den Schlüssel habe ich an einem anderen Bund." Er wandte sich zum Schlüsselbrett, das hinter ihm an der Wand hing, um und nahm einen kleinen Schlüsselring vom Haken.

Die beiden gingen die zwei Stockwerke hinab und bogen in einen schummrigen, lediglich von einer einzigen nackten Glühbirne erleuchteten Flur ab. An dessen Ende sperrte Mr Bantry eine Tür auf und machte Licht. Hier gab es eine Neonröhre, die flackerte.

MacGregors Blick fiel auf zahlreiche Fahrräder. „Wo stehen die von Mr Gilbert?"

„Die sind hier drüben", er ging voraus, um sie dem Polizisten zu zeigen. Alle drei Räder standen an ihrem Platz. Also hatte Gilbert zumindest keines seiner eigenen benutzt.

Der Inspector sah sich weiter um. „Und wem gehören all die anderen Drahtesel?"

„Die auf dieser Seite hier gehören den anderen Lehrern. Die dort drüben sind die für die Schüler."

„Sind das alle?", hakte MacGregor nach.

„Das müsste ich abzählen", kam die Antwort von Bantry.

„Dann tun Sie das bitte", forderte ihn der Beamte auf.

Von den schuleigenen Fahrrädern fehlte auch keines.

„Wissen Sie, ob die Räder der anderen Lehrer vollzählig sind?"

Bantry blies die Backen auf und stieß die Luft aus. „Lassen Sie mich nachdenken." Während er die Namen der Lehrkräfte durchging, zählte er mit den Fingern mit.

Es waren insgesamt sieben Räder und auch sie waren alle da. Dann musste Gilbert entweder mit dem Bus gefahren sein oder aber, er war zu Fuß zu Quinn gelaufen. MacGregor überlegte, wie weit es von hier zum Ort war, an dessen Rand Quinn lebte. Mit dem Auto waren es nur fünf Minuten. Das sollte auch zu Fuß zu schaffen sein.

* * *

„Ich weiß, dass Sie uns etwas verheimlichen, Mrs Bantry", setzte Pat schonungslos an, als sie sich in der Wäschekammer des Stockwerks einen ungestörten Ort zum Reden gesucht hatten.

Die Hausmutter starrte sie mit weit aufgerissenen Augen an und stand wie ein Kaninchen vor der Schlange. Sie schwieg jedoch.

„Wenn Sie uns nicht sagen, was Sie wissen, machen Sie alles nur schlimmer. Ich glaube nicht, dass Sie etwas mit den Morden zu tun haben. Also bitte, Mrs Bantry, was wissen Sie?", drang der Sergeant weiter auf die vor Angst verstörte Frau ein.

Mrs Bantry begann zu wimmern.

Pat seufzte verhalten. War sie die Befragung zu offensiv angegangen. Hatte sie die Frau derart eingeschüchtert, dass sie sich nun gänzlich vor ihr verschloss? Verdammt! Was sollte sie jetzt tun?

Doch ihre Unentschlossenheit kam ihr zu Hilfe. Mrs Bantry hatte nur ein wenig Zeit gebraucht. Sie sah den Sergeant nun mit tränenverschleierten Augen ins Gesicht.

„Mein Bruder ist hier gestorben. … Mein Mädchenname ist Docherty. … Ich war die kleine Schwester von Angus. … Er hat sich hier im Haus im Keller erhängt", gab sie stockend Auskunft.

„Und warum haben Sie uns das verschwiegen?", hakte Pat nach.

Die Frau zuckte lediglich mit den Schultern.

„Haben Sie etwas mit den Todesfällen zu tun?"

„Nein, ich schwöre bei Gott! Damit haben wir überhaupt nichts zu tun! Ich hatte nur Angst, dass Sie mich wegen meiner Vergangenheit verdächtigen!", beteuerte sie nervös.

„Warum haben Sie sich denn überhaupt dazu entschieden, in Hillside zu arbeiten? Ich meine, das wäre nicht unbedingt meine erste Wahl, wenn mein Bruder hier gestorben wäre." Pat konnte die Beweggründe tatsächlich nicht nachvollziehen. Steckten da etwa morbide Gedanken dahinter oder hatte die Frau sich tatsächlich rächen wollen und gab es nur nicht zu?

„Ich wollte aufpassen, dass so etwas nie wieder hier passiert", erklärte sie schlicht. „Das mit dem Missbrauch ist erst viel später herausgekommen und meine Eltern und ich wissen nicht sicher, ob Angus wirklich etwas angetan wurde, aber es ist wahrscheinlich. Warum hätte er sich sonst umbringen sollen?"

Sie klang aufrichtig, urteilte Pat. Möglicherweise war ihr Ansinnen wirklich derart selbstlos. Aber irgendetwas störte sie.

„Und das war wirklich alles, was Sie uns verschwiegen haben, Sally?" Der Sergeant hatte sich an ein Seminar zu Vernehmungsmethoden erinnert. Wenn eine gewisse Vertrauensbasis aufgebaut war, konnte man die Zeugen, natürlich nicht diejenigen, die deutlich älter als man selbst waren, auch mit dem Vornamen ansprechen. Das war zwar ein wenig manipulativ, aber manchmal heiligte eben der Zweck die Mittel.

Die Frau zögerte kurz, gab sich dann aber einen Ruck. „Nein, das ist noch etwas: Mrs Heart war am Tag vor ihrem Tod noch bei uns. Sie wollte wissen, wo auf dem Dachboden sie die Koffer der Stipendiaten finden konnte. Mein Mann hat sie ihr gezeigt, aber sie hat ihn dann wieder weggeschickt und ist alleine oben geblieben. Wir haben uns noch gewundert, aber als sie dann tot war, haben wir es zunächst vergessen. Und danach meinte mein Mann, dass es wohl besser wäre, wir würden nichts darüber verlauten lassen. Schließlich war er eine Zeit lang alleine mit ihr unterm Dach. Und ich hatte wirklich Angst, dass es der Mörder dann auch auf uns abgesehen haben könnte!", meinte sie einigermaßen fahrig.

Pat wusste zwar nicht, was das Eine mit dem Anderen zu tun haben sollte, aber bisweilen waren die Gedankengänge von verängstigten Menschen nicht nachvollziehbar. Immerhin hatten sie jetzt aber einen neuen Anhaltspunkt.

* * *

Als der Inspector mit Mr Bantry aus dem schummrigen Keller in die düstere Halle hinaufgestiegen war, klingelte sein Handy. Ein am Boden zerstörter Mr Roberts rief ihn aus Syrien an. Er hatte viele Fragen und nur wenige davon konnte MacGregor ihm beantworten. Er wollte den nächsten Flieger zurück nach Hause nehmen, doch das würde wahrscheinlich dauern, da er fernab des nächsten Flughafens in einem Krisengebiet unterwegs war. Der Mann hatte am Sonntag das letzte Mal mit seiner Frau telefoniert. Sie hatte nicht beunruhigt geklungen, ganz im Gegenteil, sie wollte ihre freien Tage genießen. Sie war glücklich gewesen. Der Inspector sprach Mr Roberts erneut sein Beileid aus und beendete das Gespräch.

Bantry hatte sich diskret ein wenig von ihm entfernt und in der Halle zog nun eine Gruppe Schüler ihre Trolleys in Richtung Ausgang. Der Inspector stutzte. Ihm war eben die Episode mit Mrs Hearts Mutter in den Sinn gekommen. Die verwirrte Alte hatte gedacht, dass er ihre Koffer durchsuchen wollte, als er ihr ihren Dienstausweis gezeigt hatte. In seinen Augen blitzte eine Erkenntnis auf, gerade als sein Sergeant auf ihn zulaufen kam.

„Gut, dass ich Sie beide hier antreffe, Sir, Mr Bantry", rief Taylor. Und letzterer, der die Aufforderung verstanden hatte, trat nun wieder näher zu MacGregor heran. „Mr Bantry, Mrs Heart hatte Sie darum gebeten, Ihnen die Koffer der Stipendiaten auf dem Dachboden zu zeigen", sprach sie ihn offen an.

Der Mann knirschte ein wenig mit den Zähnen. Also hatte Sally doch geplaudert. *Weiber!*, ärgerte er sich im Stillen, doch er fing sich schnell wieder. „Ja, das hat sie. Ich dachte aber nicht, dass das wichtig wäre", setzte er entschuldigend hinzu. Er wollte keinen Ärger mit der Polizei haben.

„Was bei den Ermittlungen wichtig ist und was nicht, entscheiden immer noch wir, Mr Bantry", blaffte nun der Inspector einigermaßen ungehalten. Außerdem war er ein wenig konsterniert, dass sein Sergeant anscheinend zeitgleich und unabhängig auf die gleiche Möglichkeit gestoßen war. Sie mussten sich die Koffer ansehen. Wonach hatte die Lehrerin gesucht?

Ein beinahe unterwürfiger Mr Bantry führte die beiden Beamten unters Dach. Hier gab es mehrere Abteile, die größtenteils leer waren, da alle anderen Schüler, außer den vier Stipendiaten, bereits gepackt hatten. Der Inspector zog Einweghandschuhe an und der Sergeant tat es ihm gleich. Der Hausvater deutete auf einen Verschlag, in dem vier sehr große Hartschalenkoffer standen.

* * *

„Ne, Constable. Wir ham' hier nich' viele Fahrgäste und ich fahr nur noch die zwei Runden, eine morgens, eine abends. Und das auch nur unter der Woche. Bin nämlich schon in Rente. Und ich kenn' meine Fahrgäste. Am Dienstagabend, sagen Se?"

Constable Fox nickte.

„Ne, da war nur 'ne Handvoll Gäste an Bord. Kannte alle. Da war der alte Page, Mrs Lewis mit ihrem Balg …"

„Ist gut. Und am Mittwochmorgen?", unterbrach ihn der Uniformierte.

„Zeigen Se' das Foto nochmal her!"

Constable Currington, der Fox begleitet hatte, gab ihm den Ausdruck des Bildes von Gilbert erneut.

„Nö, den Kerl hab' ich nich' gefahr'n. Da bin ich mir sicher!"

Also musste Gilbert zu Fuß zu seinem Besuch bei Quinn gegangen sein, um ihn dann zu ermorden und die Leiche in dessen Fahrzeug abzutransportieren.

XXIII

MacGregor besah sich die Koffer, die alle vier identisch waren, zunächst von außen. Pat stand neben ihm. Vorsichtig legte der Inspector den von Rashid, ein Namensschild war an allen Koffern der Schüler Pflicht, damit keine Verwechslungen passierten, auf den Boden und öffnete ihn. Er war leer. MacGregor hatte nichts anderes erwartet. Er suchte nach etwas anderem. Der Sergeant beugte sich nun ebenfalls hinab. Mr Bantry hielt sich im Hintergrund. Er hatte keine Lust, sich eine erneute Rüge einzuhandeln.

„Haben Sie zufällig ein Maßband oder einen Zollstock, Mr Bantry?", fragte Pat, die eine Idee hatte.

„Ja sicher, ein Maßband, aber das muss ich aus meiner Werkstatt holen. Einen Moment bitte", erklärte er hilfsbereit und eilte davon.

MacGregor, der neben dem Gepäckstück kniete, nickte zustimmend. „Lassen Sie uns einstweilen auch die anderen drei Koffer öffnen, Taylor. Gut, dass sie nicht abgeschlossen sind."

MacGregor hob einen der Koffer hoch. „Wenn der tatsächlich leer ist, ist er aber ziemlich schwer", wunderte er sich. Tatsächlich hatten alle Koffer Schlösser, doch die Schüler hatten glücklicherweise keine Notwendigkeit darin gesehen, die leeren Koffer abzuschließen. Doch das war nicht nur Glück für die beiden Ermittler, wenn es stimmte, was beide insgeheim vermuteten.

Mr Bantry war mit einem Maßband zurückgekehrt, gerade in dem Moment, als sie den letzten Koffer, den aus Kolumbien, geöffnet hatten. Alle Koffer waren ungewöhnlich schwer, aber leer. Pat ließ sich das Band geben und nahm die Außenmaße der Tiefe der Hartschale. Dann wiederholte sie den Vorgang im Innenraum des Koffers.

„Die Differenz beträgt knapp zwei Zoll, und zwar am Boden über den Rädern", sagte sie so leise zu ihrem Vorgesetzten, dass es Mr Bantry, der sich wieder im Hintergrund hielt, nicht hören konnte.

„Volumen?", flüsterte der Inspector ebenso leise.

Pat nickte und machte sich erneut ans Werk. Sie maß die Länge und Breite des Innenraumes aus und holte ihr Handy aus der Hosentasche. Sie tippte die drei ermittelten Werte ein und multiplizierte sie.

„Knapp eine Gallone, Sir", teilte sie ihm wieder ganz leise das Ergebnis mit.

„Danke, Mr Bantry. Sie können gehen", entließ der Inspector den Hausvater. Ihm wurde das Geflüster zu dumm. „Und, was meinen Sie, wo kann man ihn öffnen?", fragte er nun in normaler Lautstärke.

Pat befingerte vorsichtig die Außenseite der Hartschale über den Kofferrädern. Nichts rührte sich.

„Ein doppelter Boden kann es nicht sein. Wie hätten die Taxifahrer sonst so schnell und unbemerkt etwas im Kofferraum einpacken können? Sie hätten das ganze Gepäck der Kinder herausnehmen und danach wieder einräumen müssen. Es muss eine Art Geheimfach sein", überlegte der Sergeant.

„Lassen Sie mich mal, Taylor", forderte sie ihr Chef auf und sie rückte zur Seite.

Auch er nestelte ein wenig unbeholfen an der Unterseite des Koffers herum. Doch als er genauer hinsah, bemerkte er eine Art Druckknopf bei einem der Räder. „Ha!", stieß er triumphierend aus, als der Deckel des Geheimfachs seitlich aufsprang.

Sie lugten hinein und der Inspector zog eine graue Platte aus einem recht schweren, aber biegsamen Material hervor. Sie erinnerte ihn spontan an seine Kindheit, genauer gesagt an Tauchübungen im Schwimmbad, bei denen er ein Gewicht aus dem Becken holen sollte.

„Was soll das denn nun wieder?", wunderte sich Taylor. „Ich würde sagen, das ist Kautschuk, also Naturgummi. Aber warum versteckt man einen solchen Barren in einem Geheimfach? Das Material ist doch völlig wertlos."

MacGregor überlegte eine Weile, ehe er etwas erwiderte. „Ich denke, das ist Ballast. Es würde auffallen, wenn die Koffer der Stipendiaten bei der Rückreise plötzlich leichter wären. Und wir haben uns ja schon gewundert, warum die leeren Gepäckstücke derart schwer sind. Die Taxifahrer entnehmen also immer die Gummiplatte und ersetzen sie durch irgendeine Schmuggelware. Und Gilbert hat dann hier wieder eine Platte eingesetzt, damit die Differenz nicht auffiel."

„Aber warum gerade Gummi und nicht zum Beispiel eine Metallplatte?"

„Ich nehme an, es hat damit zu tun, dass die Koffer am Flughafen durchleuchtet werden. Metall würde da auffallen, aber Gummi ist harmlos. Hat trotzdem ein ganz ordentliches Gewicht."

„Gut, dann sollten wir jetzt die Spurensicherung anrufen", schlug Pat vor und stampfte aus Tatendrang mit ihrer einen Krücke auf dem Fußboden des Dachbodens auf.

* * *

Innes und seine Leute hatten die Koffer mitgenommen. In keinem der Koffer hatten sie etwas Anderes als Gummiplatten finden können, aber sie hatten nun endlich eine stichhaltige Theorie.

Pat und MacGregor tippten auf Drogenschmuggel, denn es passte alles zusammen. Mrs Hearts Fragen nach den Taxiunternehmen und die Geheimfächer als Spezialanfertigung sprachen Bände. Die Fahrer gehörten zum Schmugglerring und es war ein Leichtes, die Beutel mit den Drogen im Kofferraum zu verstauen, ohne dass die Schüler, die bereits im Fond saßen, etwas mitbekamen. Wenn man wusste, wie es funktionierte, war es eine Sache von Sekunden. Gepäckstücke, die in die Frachträume des Flugzeugs kamen, wurden nur sporadisch kontrolliert, genauso verhielt es sich mit dem Einsatz von Spürhunden an den Gepäckbändern. Und außerdem: Wer würde schon die Schüler eines britischen Eliteinternats als Drogenkuriere verdächtigen?

Gilbert hatte ja vor ihnen damit geprahlt, in Afghanistan und Pakistan im Einsatz gewesen zu sein. Aus diesen beiden Ländern wurde Heroin nach Europa geschmuggelt. Sie mussten nun nur noch herausfinden, wie er Verbindungen nach Südamerika aufgebaut hatte. Hier tippten sie auf die illegale Einfuhr von Kokain. Innes würde, wenn sie keine Rückstände fanden, wohl zwei Drogenspürhunde anfordern müssen. Denn mittlerweile richtete man die Spürnasen immer häufiger auf bestimmte Arten von Suchtmitteln ab, weil die Drogenschmuggler leider auch immer besser bei der geruchsneutralisierenden Verpackung des jeweiligen Stoffs wurden.

Wenn die Stipendiaten zwei Mal im Schuljahr nach Hause flogen und jedes Mal unbewusst viereinhalb Liter Drogen schmuggelten, war klar, was Mrs Heart mit vorzeitigem Ruhestand gemeint hatte. Sie mussten natürlich die Drogenfahndung hinzuziehen, wenn Innes positive Ergebnisse vorzuweisen hatte, doch Pat hatte vorläufig einen ungefähren Vergleichswert für Pulver im Internet ermitteln können. Ein Kilogramm Mehl hatte ein Volumen von etwa 0,3 Gallonen. Der Straßenpreis eines Kilogramms Kokain lag bei ungefähr bei 35.000 Pfund Sterling, Heroin war etwas günstiger, aber auch nicht viel. Wenn man von einer Gewinnmarge von 50% ausging, dann brachte jeder Heimflug der Stipendiaten den Schmugglern etwa 200.000 Pfund ein.

Taylor hatte sich bei Mrs Curtis erkundigt. Das Programm lief nun schon zum dritten Mal und Gilbert war von Anfang an für die Auswahl mit zuständig gewesen. Und wenn der Stoff, wovon mit Sicherheit auszugehen war, noch gestreckt wurde, kam ein ordentliches Sümmchen zusammen. Bisher war noch niemandem aufgefallen, dass die vier ausländischen Stipendiaten immer aus den gleichen Ländern kamen. Oder war es vielleicht doch aufgefallen, und zwar Mr Gibbs und Mrs Heart? Und waren die beiden Gilbert dadurch auf die Schliche gekommen? Wenn sie nun für die nächste Auswahl Schüler aus anderen Staaten vorgeschlagen hatten, und er hatte sich geweigert? Das lag durchaus im Bereich des Möglichen. MacGregor hoffte, dass Gilbert auspackte, wenn sie ihn denn endlich erwischten. Heart hatte sich ihrer Freundin Roberts anvertraut, oder zumindest dachte der Mörder das. Der Inspector glaubte nicht recht daran, denn sie hätte bestimmt ihrem Mann etwas davon erzählt, oder nicht? Und wenn die beiden anderen ermordeten Mitglieder des Ausschusses auf den Drogenschmuggel gekommen waren, dann hatte wohl auch Quinn sich etwas zusammengereimt. Gilbert hatte vorgegeben, ihn besuchen zu wollen, möglicherweise um ihm ebenfalls eine Beteiligung anzubieten und der leichtgläubige Quinn hatte seiner Haushälterin auch noch aufgetragen, Häppchen vorzubereiten. Wohin war Gilbert nur geflüchtet? Befand er sich schon in Kolumbien, Peru, Afghanistan oder Pakistan? Oder hatte er ein anderes Ziel? Sie hatten alle Flug- und Fährhäfen überwachen lassen. Gilbert hatte einen Reisepass, das hatten sie überprüft, aber er war nirgends kontrolliert worden. War er noch im Lande?

* * *

Sie waren zurück zur Wache gefahren, in Hillside konnten sie im Moment nichts mehr tun. Die Fahndung nach Quinn, den sie wahrscheinlich nur noch irgendwo tot auffinden würden, war bisher nicht erfolgreich gewesen. Allerdings hatte man am Mittag seinen Wagen in Glasgow auf einem Großparkplatz in der Nähe des Hauptbahnhofs gefunden. Gilbert hatte das Lenkrad abgewischt und im Wageninneren hatten die Kollegen aus den Lowlands nur die Fingerabdrücke von Quinn sicherstellen können. Im Kofferraum fanden sie nichts, Blut gab es dieses Mal also keines. Wahrscheinlich hatte ihn Gilbert in einen Plastiksack verpackt.

MacGregor dachte an die Vermutung der Haushälterin Quinns. Vielleicht wurde die Leiche tatsächlich zerstückelt und in mehrere Tüten gesteckt, denn warum sonst hätte Gilbert dann das Bad reinigen müssen? Wo könnte er die Leiche oder die Leichenteile abgeladen haben? MacGregor und Pat besahen sich eine Straßenkarte. Es gab mehrere Routen von Quinns Wohnort nach Glasgow. Es war unmöglich zu ermitteln, wo Gilbert den toten Körper oder Teile davon abgelegt haben könnte. Möglicherweise hatte er den Leichnam auch mit Steinen beschwert und in einem

Loch versenkt. Aber warum hatte er den Wagen dann ausgerechnet an *Glasgow Central* abgestellt? Hatte Gilbert vom größten Bahnhof Schottlands aus einen Zug genommen oder hatte er nur eine falsche Fährte gelegt? Pat hatte eben noch bei den Kollegen vor Ort angerufen und sie gebeten nachzuforschen, ob es am Parkplatz oder in dessen Nähe Überwachungskameras gab. Außerdem bat sie um die Aufzeichnungen vom Hauptbahnhof. Der wurde mit Sicherheit videoüberwacht. Sie würden ihr die Aufnahmen so bald wie möglich schicken.

Innes hatte einige Zeit später angerufen und erklärt, dass es sich bei der Schmugglerware tatsächlich um Heroin und Kokain handelte. Sie hatten minimale Rückstände in zwei der vier Koffer gefunden. Entweder waren die Tüten einmal nicht ganz dicht gewesen oder es hatte sich auf der Außenseite derselben noch etwas Drogenstaub befunden. Mit den Fingerabdrücken brauchten sie allerdings noch eine Weile, denn sämtliche Koffer waren übersät mit Spuren. Innes hatte auch die Abdrücke der Kinder und Mr Bantrys Abdrücke genommen, da er die Koffer für die Schüler immer auf dem Dachboden verstaute. Außerdem gab es ja noch die eigentlichen Schmuggler, also die Taxifahrer, die Familienangehörigen der Stipendiaten und das Flughafenpersonal, das die Gepäckstücke ebenfalls anfasste. Viele der Abdrücke waren verwischt oder es waren nur Teilabdrücke. Doch Innes versprach, sich morgen gleich als Erstes damit zu befassen.

Mittlerweile war es acht Uhr abends. MacGregor

beschloss, Feierabend zu machen und schickte seinen Sergeant ebenfalls nach Hause. Taylor hatte heute wirklich gute Arbeit geleistet. Sie würde ihm wirklich fehlen und nicht nur, weil sie eine gute Polizistin war. Er schätzte sie auch menschlich sehr, wenngleich sie manchmal ihre Zunge besser in Zaum halten sollte. Lange würde sie nicht mehr bleiben. Sie hatte ihm gestern gesagt, dass ihr nächster Einsatz in den Cotswolds war.

Es war eine schöne Gegend, er war mit Erin und Maeve, als sie noch ganz klein war, einmal für ein paar Tage dort gewesen. Sie waren viel gewandert und er hatte seine Tochter in der Rückentrage geschultert. Sie hatten die malerischen Dörfer, die rund um den Ort, in dem ihr B&B war, meist zu Fuß erkundet. Auf der Rückfahrt nach Hause schwelgte er in Erinnerungen, um sich von dem Fall abzulenken. Er musste mal wieder abschalten und sich früh hinlegen. Dann konnte er sich wieder besser konzentrieren. Doch da hatte er die Rechnung ohne seine beiden Mädels gemacht.

Laute lateinamerikanische Musik schlug ihm entgegen, als er die Haustür aufschloss. Vier Teenager und ebenso viele Erwachsene wirbelten durch sein Wohnzimmer! Das Sofa, den Couchtisch und seinen Lieblingssessel hatten sie an die Wand geschoben. Keiner hatte ihn bemerkt. Kein Wunder, bei dem Lärm! Eine Party, mitten unter der Woche? Und kein Mensch hatte ihn um Erlaubnis gefragt! Und das war noch nicht einmal das Schlimmste! Als sein Blick auf seine Tochter fiel, die da in einem kurzen und enganliegenden Latexrock und einem bauchfreien Top die Arme um den Hals eines ihm unbekannten jungen Mannes schlang, der seine Hände um ihre Hüfte gelegt hatte, stieg Wut in ihm auf. Maeves Rock war sogar noch kürzer als der von dieser Martinez! Zugegeben, Erin hatte erzählt, dass ihre Tochter sie an seiner statt zum gestrigen Tanzkurs mitnehmen wollte. Er war also auch ein wenig selbst schuld. Aber das!

Erin hatte ihren Mann bemerkt und ging zu ihm hin. Er stand noch immer im Türrahmen zum Wohnzimmer und grollte.

„Ah, hallo Sam! So früh hatte ich gar nicht mit dir gerechnet. Maeve und ich schmeißen eine kleine Tanzparty. Ich hoffe, du hast nichts dagegen?"

MacGregor brummte etwas Unverständliches und zog eine säuerliche Miene. Er wusste im Moment nicht recht, was ihm lieber beziehungsweise, was schlimmer war: Wenn seine Frau mit wildfremden Männern ausging oder wenn diese in seinem Wohnzimmer herumhopsten und dann auch noch ihren tanzwütigen Nachwuchs mitbrachten, der sich an den Hals seiner leichtbekleideten Tochter schmiss.

„Du musst ja nicht tanzen. Und da morgen ohnehin Schule ist, haben wir gesagt, dass um zehn Uhr Schluss ist. Da drüben stehen Tapas, die habe ich mit Maeve vorbereitet. Bedien' dich!" Sie deutete auf ein kaltes Büfett, das sie in der Küche angerichtet hatten.

Der Inspector schlurfte missgelaunt hinüber. Nun ja, die Party hatte offensichtlich auch Vorteile. Es gab etliche Schüsselchen mit Käse, Salami, Oliven, Tortillas, Sardellen und noch vielerlei anderes Fingerfood, das er nicht kannte. Daneben stand ein großer Brotkorb. Er holte sich ein Stout aus dem Kühlschrank und nahm sich reichlich Käse, Wurst und Brot. Er aß und trank im Stehen in der Küche, denn im Wohn- und Essbereich, war ihm zu viel los. Gesättigt, aber noch immer einigermaßen angesäuert, ging er zehn Minuten später nach oben und ins Bad. Danach steckte er sich Stöpsel in die Ohren und legte sich ins Bett. Er brauchte morgen einen klaren Kopf und Schlaf war dafür extrem wichtig.

XXIV

Innes hatte sich am nächsten Tag um zehn Uhr telefonisch gemeldet. Auf seinen Anruf hin hatte MacGregor seinen Sergeant sowie die Constables Fox und Currington in sein Büro gebeten. Die beiden Uniformierten sollten die Überwachungsvideos des Bahnhofs sichten, die die Kollegen aus Glasgow in aller Frühe geschickt hatten. Auf dem Parkplatz gab es keine Kameras. Bis jetzt hatten Pat und er die Dateien angesehen. Doch nach dem Anruf von Innes mussten sie beide nach Hillside, um mit Mr Fury zu sprechen.

Der Leiter der Spurensicherung hatte lange noch nicht alle Fingerabdrücke, die sich auf den vier Koffern befanden, zuordnen können und das würde wahrscheinlich auch nie der Fall sein. Aber er hatte ihnen einen anderen wichtigen Hinweis gegeben.

Sie fanden den jungen Lehrer in seiner Wohnung.

„Ach, guten Morgen Inspector, Sergeant", begrüßte er sie in seinem schleppenden, nasalen Tonfall, der Pat jedes Mal eine leichte Gänsehaut verursachte. „Was kann ich für Sie tun?"

„Lief Mr Gilbert abends immer die gleiche Runde oder hatte er verschiedene Laufstrecken?", wollte MacGregor unvermittelt wissen.

„Oh, … also … Wenn ich mit ihm gelaufen bin, haben wir immer den gleichen Weg genommen", wunderte sich der Mann. „Warum fragen Sie das?"

„Das erkläre ich Ihnen später, Mr Fury. Wenn Sie jetzt bitte so freundlich sein würden und die Strecke mit uns abgehen. Wir müssen etwas rekonstruieren."

Der Angesprochene nickte und schnappte sich eine Jacke, die an der Garderobe neben der Tür hing.

* * *

Er war etwa auf halbem Weg der Strecke aus dem Zug aus- und dann in seinen Wagen eingestiegen. Er hatte ihn schon vor längerer Zeit gekauft und an einem geeigneten Bahnhof abgestellt. Danach hatte er mit der Fähre von Dover nach Calais übergesetzt. Das hatte nur eineinhalb Stunden gedauert. Nun fuhr er mit offenem Fenster in Richtung Süden. Es war schon richtig warm hier. Gestern hatte er in einer kleinen Pension übernachtet. Die Haare hatte er sich dunkel gefärbt. Er fand, das stand ihm gut. Der neue Pass war nicht billig gewesen, aber er war sein Geld wert. Er hatte einen Profi damit beauftragt. Der Mann war sehr effizient und sehr diskret. Niemand würde seine wahre Identität aufdecken. Keiner würde ihn finden, weder die Bluthunde des Kartells, noch die Polizei! Schließlich hatten sie ja keine Ahnung, wo auf der Welt sie nach ihm suchen sollten. Er hatte noch ein wenig Probleme mit der Sprache, doch das würde sich schon geben. Er hätte deutlich früher mit den Sprachkursen beginnen sollen, aber die unvorhergesehenen Ereignisse waren daran schuld, dass er sich früher als geplant absetzen musste. Dadurch, dass er angeblich aus Martinique kam, würde es nicht weiter auffallen, dass er noch nicht wirklich fließend sprach. Er konnte sich auf seine Herkunft berufen und darauf, dass in Übersee eben etwas anders gesprochen wurde, falls jemand darauf aufmerksam werden sollte. Nun, es war so wie es war. Er hatte das Beste daraus gemacht. Es hatte alles funktioniert und er war reich und frei!

* * *

Die beiden Beamten gingen mit Mr Fury zum Hafen.

„Larry ist immer am Meer entlanggejoggt. Als Erstes wollte er immer noch einen Blick auf seinen Augapfel, die *Moray Spirit*, werfen", erläuterte letzterer.

„Sollen wir an Deck gehen, Sir?", fragte Pat ihren Vorgesetzten. Der Wind pfiff ihr durchs kurzgeschnittene braune Haar. An diesem Morgen nieselte es leicht und es war ziemlich frisch. Die Luft roch salzig und nach Seetang.

MacGregor beschlich ein unheimliches Gefühl. Er blieb am Anleger stehen und schaute angestrengt auf die Yacht. Der Wellengang war selbst im winzigen Hafenbecken ziemlich heftig, doch das Boot lag erstaunlich ruhig. Es war am Pier vertäut. Eine Möwe kreiste über ihnen und spie einen schrillen Schrei aus.

* * *

Fox und Currington waren gerade mit der Sichtung der Überwachungsvideos des Glasgow Central, die in der Nacht von Dienstag auf Mittwochmorgen aufgezeichnet worden waren, beschäftigt.

„Spul' noch einmal kurz zurück", forderte Fox seinen jüngeren Kollegen auf.

„Siehst du den da? Der hinter der Säule hervortritt, gerade als der Zug anhält?"

Currington nickte.

Fox und er besahen sich das Foto, das ihnen der Inspector zum Vergleich dagelassen hatte.

„Was meinst du?", drang Fox weiter auf seinen Kollegen ein. „Ist das unser Mann?"

* * *

„Warum ankert ein Schiff, das am Steg vertäut ist?", sprach MacGregor seine Gedanken flüsternd aus.

Pat trat näher zu ihm heran. „Was haben Sie gesagt?"

MacGregor deutete auf die Kette, an der der Buganker befestigt war. „Sehen Sie das Sergeant? Die Yacht hat im Hafen geankert, obwohl sie hier ebenfalls, und zwar doppelt, festgemacht ist." Nun zeigte er auf einen Poller. Von diesem gingen zwei Leinen an verschiedene Punkte an Bord ab, wo sie ebenfalls fixiert waren. „Ich weiß, dass man ein Boot, wenn es an einem exponierten Platz im Hafen steht, doppelt sichert, aber dreifach?", wunderte er sich erneut. Tatsächlich war es Praxis, ein Boot im Hafen zweifach zu sichern, damit man bei Sturm, Schwell oder starkem Seitenwind unbesorgt sein konnte.

Er wandte sich an den jungen Lehrer, der von ihrer Unterhaltung nichts mitbekommen hatte und den sichtlich fror. Er bereute es offensichtlich, sich keine dickere Jacke übergeworfen zu haben und bibberte leicht.

* * *

„Ich weiß nicht", erwiderte Currington unsicher. „Kann sein, kann aber auch nich' sein." Er wollte ihren Chef nicht wegen eines Fehlalarms anrufen. Er hatte in letzter Zeit schon genug Rüffel von ihm bekommen.

„Ich ruf mal bei der Technik an. Die sollen uns jemanden schicken. Vielleicht kann man das Bild auch irgendwie ranzoomen", meinte nun Fox, der sich ebenfalls nicht hundertprozentig sicher war, dass der Mann auf dem Standbild vor ihnen auf dem Bildschirm der von ihnen gesuchte war.

* * *

Wie sich schnell herausstellte, hatte Mr Fury keine Ahnung von Booten. „Nein, tut mir leid. Larry, also ich meine Mr Gilbert, war da sowieso sehr eigen. Keiner durfte ohne ihn auf die Yacht."

MacGregor war auch kein Experte, aber er war früher schon ab und an mit seinem Vater hinausgefahren. Der hatte natürlich ein deutlich kleineres und weniger edles Boot gehabt. „Was meinen Sie, Sergeant? Sollen wir es selbst versuchen oder gleich die Spurensicherung anrufen?" *Aber nicht, dass ich mich irre und mich bis auf die Knochen wegen meiner mit durchgegangenen Phantasie blamiere!*, setzte er in Gedanken hinzu.

Pat überlegte.

* * *

Nachdem Innes am Morgen MacGregor seine ersten Ergebnisse mitgeteilt hatte, hatte er sich gleich weiter ans Werk gemacht. Außen an den Koffer hatten sie unzählige Fingerabdrücke sichergestellt, doch unten an den Rädern deutlich weniger. Der Inspector hatte sehr überrascht reagiert, als er ihn über die bisherigen Resultate in Kenntnis gesetzt hatte. Sein Telefon klingelte.

* * *

„Ich finde, wir sollten es selbst probieren, Sir!"

Mr Fury sah erstaunt zu, wie die beiden Polizisten an Deck gingen und die Steuerkabine betraten.

Kurze Zeit später startete auf dem Boot ein Dieselmotor, dann setzte sich die Automatik der Ankerwinde in Gang. Langsam wurde der Anker gelichtet. Doch was die drei Personen nun zu sehen bekamen, ließ MacGregor die Galle hochkommen.

Man hatte den Mann, der eine klaffende Kopfwunde hatte, am Anker festgebunden und versenkt. Ob er da schon tot war oder erst in bewusstlosem Zustand ertrunken war, musste der Pathologe feststellen. MacGregor wurde bei Wasserleichen immer schlecht.

Er war grün angelaufen, hatte sich schleunigst über die Reling gebeugt und sich kopfüber ins Meer übergeben. Sein Sergeant hatte taktvoll weggesehen, doch auch sie fand den Anblick der Leiche nicht eben erbaulich und schluckte schwer. Doch sie nahm sich zusammen und rief die Spurensicherung und einen Krankenwagen an. Danach kümmerte sie sich um Mr Fury. Der Mann hatte einen Schock erlitten.

„Aber das ist ja furchtbar! ... Einfach furchtbar!", stammelte er aufgebracht. „Wer um Himmels willen ... Wer tut denn so etwas? ... Wer ... wer hat dem armen Larry das bloß angetan?"

XXV

Die Fingerabdrücke, die Innes auf dem Boden und den Rädern der Koffer gefunden hatte, waren nicht die von Lawrence Gilbert. Dieser hatte seit Dienstagnacht, den genauen Zeitpunkt konnte der Pathologe nicht feststellen, auf dem Grund des Hafenbeckens gelegen. Zumindest hatte ihn der Schlag auf den Kopf gleich getötet. Er war nicht ertrunken. Die Tatwaffe, das andere fehlende Eisen aus Rashids Golfsack, hatte ein Taucher auf dem Grund nahe beim Rumpf der Yacht gefunden. Fingerabdrücke gab es keine. War das Opfer dennoch in den Drogenschmuggel involviert gewesen?

Fox und Currington waren sich nunmehr sicher, da der Techniker von der Spurensicherung das Gesicht auf dem Überwachungsvideo vergrößern hatte können. Der Gesuchte war am Mittwochmorgen um 4:28 Uhr in Glasgow in einen Zug nach London gestiegen. Dort traf er um 9:14 Uhr in Euston ein. Ob er jedoch tatsächlich bis dorthin gefahren oder schon früher ausgestiegen war, mussten sie erst noch herausfinden.

„Er hat sein Haus verkauft und mit dem Käufer vereinbart, dass er bis zum Monatsende ausziehen würde. Das Ganze muss ziemlich kurzfristig über die Bühne gegangen sein, über einen Makler. Aber der hatte schnell einen Interessenten an der Angel, da unser Mann weit unter Wert verkauft hat. Aber er hat sich wahrscheinlich gedacht: besser als nichts. Außerdem hat er seine sämtlichen Konten abgeräumt", seufzte Pat müde und frustriert. Es war mittlerweile neun Uhr abends.

MacGregor nickte. So etwas hatte er sich schon gedacht. Natürlich hatte er auch heute Abend den Tanzkurs ausfallen lassen müssen. Er stand gerade vor dem Investigation Board, das Taylor zusammengestellt hatte und blickte trübselig auf die Tatort- und Fahndungsfotos, die beschrifteten Karteikarten und die zahlreichen Pfeile, die sein Sergeant dazu gemalt hatte, um die Verbindungen und Zusammenhänge zu verdeutlichen. *Wo bist du nur?*

Nach zehn Minuten stiller Betrachtung blitzte die Erkenntnis in seinen Augen auf. *Er würde sich nie wieder über solche Boards lustig machen!*, das schwor er sich.

„Taylor! Kommen Sie mal her. Wo, meinen Sie, ist das?" Er deutete auf ein Foto mit lilafarbenem Hintergrund.

* * *

Ihre Recherchen zu seiner Vita hatten ergeben, dass er früher als Missionar in Südamerika tätig gewesen war. Wie er die Beziehungen nach Asien aufgebaut hatte, wussten sie nicht. Aber das war beim momentanen Stand der Ermittlungen auch nicht relevant. Damit sollten sich die Kollegen von der Drogenfahndung befassen. Eine Durchsicht seiner Kontoauszüge hatte ergeben, dass er an einer Abendschule Sprachkurse belegt hatte.

* * *

Vor einer Stunde war er angekommen. Er hatte sich in einem Supermarkt noch Brot, Käse und eine Flasche Rotwein besorgt. Nun saß er auf seiner Terrasse und blickte auf sein Anwesen. Es war herrlich! Hier ließ es sich wirklich leben! Es hieß ja nicht umsonst: Leben wie Gott in Frankreich!

* * *

„Ich bin natürlich kein Frankreich-Experte, aber das Motiv kenne ich von Postkarten. Das müsste in der Provence sein", folgerte Pat auf die Aufforderung ihres Vorgesetzten hin.

„Ja, das glaube ich auch. Ich wollte nur sichergehen, dass ich da nichts durcheinanderbringe. Diese französischen Regionen und Departements verwechsele ich nur zu gerne", gestand MacGregor ihr ein.

„Soll ich die Kollegen in Marseille kontaktieren? Und worauf genau sollen sie achten?"

* * *

Einige Tage später

Pat saß in ihrem Kleinwagen und fuhr in Richtung Süden. Der Fall war abgeschlossen und sie brauchte ein paar Tage Urlaub, um sich eine neue Bleibe zu suchen. Gut, dass sie sich die freien Tage aufgespart hatte. Im Kofferraum hatte sie nur ihre Garderobe, einige persönliche Gegenstände wie gerahmte Fotos und ihren Laptop. Sie musste sich ein neues, voll möbliertes Appartement in Gloucestershire suchen.

Ihre Abschiedsfeier war sehr schön gewesen. Sie blickte auf den Plüschdelfin, der auf dem Beifahrersitz saß. MacGregor hatte gesammelt und die ganze Wache hatte dafür zusammengelegt. Das Stofftier war beinahe so groß wie sie selbst. Sie würden ihr alle fehlen, insbesondere ihr Chef. Der arme Mann hatte ihr erzählt, dass seine Frau, nachdem er beinahe alle Stunden des Salsa-Tanzkurses verpasst hatte, nun einen Tango-Kurs buchen wollte. Sie konnte sich Samuel MacGregor nur schwerlich als tanzenden Gomez Addams vorstellen. Aber wie sie ihren Chef, nein, sie korrigierte sich in Gedanken, *ehemaligen* Chef, kannte, würde ihm schon etwas einfallen, um diese Klippe zu umschiffen.

Sie dachte an die Mordfälle zurück. Im Nachhinein war ihr vieles aufgegangen, dass sie übersehen hatten. Zum Beispiel, dass die Rollläden heruntergelassen waren, obwohl das Bett unbenutzt war. Oder, dass er die Anrufliste auf seinem Smartphone gelöscht hatte. Er hatte Mrs Roberts nämlich vor seinem Besuch angerufen. Der Zettel, den er Rashid auf sein Zimmer gelegt hatte, hatte für die willkommene Abwechslung am Montag gesorgt. Der Junge hatte reagiert, wie er es von ihm erwartet hatte. Er war aus purer Angst, nicht aus

Schuldbewusstsein, geflohen. Der Mörder hatte ihm zwei seiner Schläger geklaut und danach seinen Golfsack versteckt. Gilbert hatte oft genug laut getönt, dass die ausländischen Gören froh sein mussten, die beste Sportausrüstung gestellt zu bekommen, wenngleich er selbst dafür verantwortlich war. Kein Wunder, dass der Junge Panik bekommen hatte.

Was der Mörder seinem dritten Opfer, Mrs Roberts erzählt hatte, hatten sie erst später erfahren. Der Täter hatte seiner Kollegin gesagt, dass er in ihrer Nachbarschaft Golf spielte und sie gefragt, ob er bei ihr am Montagnachmittag auf einen Tee vorbeikommen könnte. Sie hatte keinerlei Verdacht geschöpft, als er mit einem Golfschläger in der Hand ihr Haus betreten hatte.

Er hatte bei der Vernehmung gesungen wie ein Vogel, weil ihm die Leute von der Drogenfahndung eine Strafminderung in Aussicht gestellt hatten. Sie wollten den gesamten Ring zerschlagen.

Aber vierfacher Mord war vierfacher Mord, verdammt nochmal!, ereiferte sich Pat und schlug auf's Lenkrad. Und wenn der Drecksack schon nicht in Sicherheitsverwahrung in Anschluss in seine lebenslange Haft kam, dann waren die Kollegen in Frankreich wenigstens gebührend mit ihm umgesprungen. Sie hatten den Ausschnitt eines Wegweisers im Hintergrund des Schnappschusses, den sie nicht registriert hatten, vergrößert, geschärft und erkannt. Das Anwesen war danach relativ leicht zu finden gewesen. Dann hatten sie sogleich ein Sondereinsatzkommando losgeschickt und den Mörder in den frühen Morgenstunden im Schlaf überrascht. Er wurde in Unterhosen und mit vorgehaltenen Maschinenpistolen abgeführt!, frohlockte Pat innerlich.

Der Kerl hatte improvisiert und das, wie sie sich zähneknirschend eingestehen musste, sehr gut. Gibbs hätte er eigenen Angaben zufolge vielleicht herumgekriegt, aber Mrs Heart hatte sich mit einer Beteiligung am Gewinn nicht anfreunden können. Es ging ihr gegen die Moral, sich, wenn auch nur finanziell, an Drogengeschäften zu beteiligen. Sie war dem Schmuggler überhaupt wohl erst auf die Schliche gekommen, als sie für die nächste Runde an Stipendiaten mal Kinder aus ganz anderen Ländern vorschlagen wollte. Er hatte sich strikt geweigert. Als sie den Braten gerochen hatte, hatte er ihr und Gibbs seinen Vorschlag unterbreitet, denn er sah seine Felle davonschwimmen. Doch sie hatte begonnen, Schüler zu befragen und die beiden waren ein Paar. Er musste handeln! Er klaute der Sportlehrerin ein paar Erbsen von ihrer Kette, denn er war auch schon in Indien und im benachbarten Pakistan gewesen und wusste um die tödliche Wirkung der sogenannten Gebetsperlen. Danach ging er in aller Frühe in den Speisesaal und mischte das Gift in die Marmelade. Außerdem hatte er den Verdacht, dass Rosemary Heart ihrer Freundin Jane Roberts gegenüber zumindest Andeutungen gemacht hatte. Also musste auch sie aus dem Weg geräumt werden. Und Montag hatte er ab Mittag frei. Seiner Haushälterin hatte er noch das Märchen aufgetischt, dass er am Dienstagabend einen Kollegen erwarten würde. Den

Namen hatte er ihr aber nicht genannt, denn das wäre vielleicht zu dick aufgetragen gewesen. Er lauerte also am Dienstagabend Lawrence Gilbert auf seiner Yacht auf, denn als solche sah er sie an, und schlug ihn mit Rashids Schläger zu Boden. Der Rest war nicht schwer. Er musste den überheblichen Sack, so hatte er ihn betitelt, umbringen, denn er brauchte einen Sündenbock, nach dem man suchte. Er war tot, und Gilbert war der Mörder von Rosemary Heart, Ernest Gibbs und Jane Roberts! Und er war sich sicher, dass so schnell niemand anderer Hand an die verdammte Yacht legen würde. Gilberts Grab war zwar nicht geschaufelt aber bis auf Weiteres unauffindbar! Dann fuhr er nach Hause und reinigte sein Bad mit Chlorreiniger, wobei er aber die paar Blutspritzer von sich, die er unter dem Badewannenrand mit Absicht angebracht hatte, natürlich übersah.

Doch eines hatte MacGregor beim Verhör noch wissen wollen, was ihr selbst entgangen war: Wieso hatte er hyperventiliert, als ihr Chef die Pfeffermühle eingetütet hatte?

Jonas Quinn hatte als Kleinkind zu Affektkrämpfen geneigt, bei denen kurzzeitig die Atmung aussetzte, was zur Bewusstlosigkeit führte. Später hatte er jedoch keinen solchen Anfall mehr gehabt. Dass die Beamten so schnell auf einen Giftmord tippten, hatte ihn tatsächlich kurzfristig regelrecht in Panik versetzt, sodass er im Speisesaal umgekippt war. Wenngleich er natürlich wusste, dass er kein Abrin zu sich genommen haben konnte. Scheinbar war er wirklich ein Hypochonder.

Ihr Chef hatte sich im Nachhinein fürchterlich ge-
ärgert. Sie hatten die Anzeichen für Luxus übersehen.
Eine kleine Villa, ein Steinway?!

Doch Pat hatte versucht, ihn zu beschwichtigen.
Schließlich verdiente ein Lehrer an einer Privat-
schule gar nicht so schlecht, zumindest besser als ein
Inspector.

Über die Autorin

Enid Kilbar ist verheiratet und hat zwei Kinder. Ferner gehören zum Haushalt drei Findelkatzen, ein geerbter Hund und fünf Hühner – drei davon selbst ausgebrütet, zwei vor dem Beil gerettet. Die Autorin ist eine promovierte Lehrerin und seit ihrer Kindheit begeisterte Krimileserin. Die Familie lebt in einer geschichtsträchtigen Kleinstadt in ländlicher Gegend.